TOTENGRÄBER

SAVANNAH VERTE

ECLECTIC BARD BOOKS

Totengräber

Autorin Savannah Verte

Herausgegeben von

Eclectic Bard Books

USA

Deutsche Übersetzung: Dominique Martind, 2025.

Covergestaltung: Funky Book Designs.

Cover Modell: Edward Smith.

FÜR SUZANNA...

Ich habe keine Worte für diese erstaunliche Frau.
Als meine Freundin und Cover-Designerin hat Suzanna
bei so vielen Gelegenheiten mehr für mich getan, als sie
eigentlich müsste,sodass ich ihr normalerweise alle meine
Werke widmen sollte.

ABER DAS HIER...
Das Cover...
Ich bin einfach überwältigt und so verliebt in ihre Arbeit.
Sie bot mir nicht nur an, ein individuelles Foto für dieses
Cover zu machen, sondern als sie verstand, was ich wollte,
legte sie sich in ein offenes Grab, um die Aufnahme zu
machen.

DAS ist Hingabe an das Handwerk.
DAS ist der Grund,warum ich sie weiterhin buchen und sie
jedem empfehlen werde, den ich kenne.
Und DAS ist der Grund, warum dieses Buch für sie ist.

Vielen Dank, Suzanna.
Für alles.

IN DANKBARKEIT

An die Namenlosen, die mich in jungen Jahren inspiriert und gelehrt haben, die mich daran erinnern, dass jeder eine Geschichte hat, und dass die, die er erzählt, nicht immer die wichtigste ist.

An diejenigen, die Hilfe leisten, ohne zu hinterfragen, ob sie es tun sollten.

Für diejenigen, die innehalten, hinschauen, zuhören und suchen.

Mögen wir von ihnen lernen, mögen wir sie ermutigen, mögen wir sie sein.

Und schließlich an diejenigen, deren Geschichten nur in der Erinnerung erzählt werden. Mögen wir uns an sie erinnern.

TING...TING...TING...

Das leise, rhythmische Klopfen der Regentropfen, die in Großvaters altem Spucknapf fielen, hätte eigentlich beruhigend wirken sollen. Diesmal nicht. Es war der perfekte Abschluss eines unvollkommenen Tages, der Eric Dublin verloren zurückließ. Er war so nah dran. Weniger als drei Monate vor seiner Pensionierung dachte er, er würde es bis dahin noch locker schaffen. Aber jetzt nicht mehr. Stattdessen verstärkte das leise Ting...Ting...Ting nur, dass er sich jetzt auf einer neuen Uhr befand, die in dem Moment begonnen hatte, als die Leiche gefunden worden war.

Wie zuvor veränderte sich das Geräusch, als sich der Messingbehälter füllte. Normalerweise war es nur eine Erinnerung daran, dass das beschädigte Stück Dach über der Veranda noch repariert werden musste. Heute schrie es, dass noch andere Dinge kaputt waren, was ihn wieder einmal dazu zwingen würde, die Reparaturarbeiten aufzuschieben.

Dass Wasser hereinkam, bedeutete, dass der Wind und der Regen aus dem Osten kamen. Zu diesem späten Zeitpunkt in der Saison, wenn die Wetterlage normalerweise Probleme aus dem Westen mit sich brachte, war es irgendwie passend, eine so deutliche Veränderung zu erleben.

Eingebettet zwischen dem Kennesaw River und dem mächtigen Mississippi war Howard eine Kleinstadt mit nur einer Ampel und ohne Probleme. Ein Fleck auf der Landkarte, den die meisten Leute übersahen. Von hier aus war es nur eine kurze Fahrt zu jedem beliebigen Ort, und die meisten Leute nahmen diese Fahrt auf sich. Die Einwohnerzahl schwankte an einem normalen Tag zwischen drei- und vierstellig und lag normalerweise weit unter der vierstelligen Schwelle, wenn im Herbst die Schule anfing und die Schüler abreisten.

Der Oktober war typisch malerisch mit Herbstlaub und den für Halloween geschmückten Häusern. Weniger als vierundzwanzig Stunden zuvor hatte das gemütliche, einfache, reine Kleinstadtgefühl einen Schlag erlitten. Jetzt trugen alle Ghule, Geister und Kobolde einen unheilvollen Gesichtsausdruck, der selbst die ruhigsten unter den Bewohnern verunsicherte. Die Nachricht hatte sich schnell herumgesprochen. Die ganze Stadt war in Aufruhr.

Dublin starrte auf die Regentropfen, die gegen das Fenster prasselten. Er schaute sie nicht wirklich an, er war einfach nur in Gedanken versunken und versuchte, sich einen Reim auf die Entwicklungen des Tages zu machen. Cal Roundtree, der Gerichtsmediziner, wollte seinen offiziellen Bericht erst in einigen Tagen vorlegen, hatte aber inoffiziell seine feste Überzeugung geäußert, dass es sich um eine Strangulation handelte. Die Würgemale waren gut ausgeprägt, auch wenn es für eine offizielle Erklärung noch zu früh war. Die Autopsie würde am Morgen stattfinden.

Die Fälle der letzten Jahrzehnte gingen ihm durch den Kopf. Dublin konnte sich ehrlich gesagt nicht daran erinnern, wann es in Howard das letzte Mal einen Mord gegeben hatte. So etwas passierte hier einfach nicht. Die Vorstellung war sogar so abwegig, dass Dublin, als Gunner Douglas an jenem Morgen ins Büro gerannt kam, sicher war, dass es sich um einen Scherz handelte. Es dauerte weniger als eine Minute, bis Dublin diesen Gedanken verwarf, als Gunner ihm sein Handy vors Gesicht hielt.

„Wir haben ein Neues", hatte er fast atemlos gerufen.

„Neues was?" hatte Dublin gefragt, nicht ganz in der Lage, das körnige Bild auf dem winzigen Bildschirm zu erfassen.

„Grab. Ein neues Grab, Boss."

„Warum erzählst du mir das?" Dublin konterte: „Ist das nicht etwas, das du EJ sagen solltest?"

„Nein. Das haben wir nicht gemacht", antwortete Gunner und ging vor Dublins Schreibtisch auf und ab. „Es ist keines von uns."

„Was meinst du mit 'es ist keines von uns'?" fragte Dublin, als er aufstand. „Wie kann es nicht eines von euch sein?"

Gunners Schultern und Hände hoben sich. „Ich würde sagen, das müssen Sie selbst herausfinden. Wir wollen nur wissen, was wir Ihrer Meinung nach machen sollen."

Dublin verschränkte seine Arme vor der Brust. „Du sagst mir also, dass ihr nicht wirklich wisst, was wir haben. Es könnte auch nur jemand sein, der seinen Hund vergraben hat", sagte er skeptisch.

Gunner blieb mitten in der Bewegung stehen und drehte sich um. „Das wäre ein mächtig großer Hund, und ich habe noch nie einen Hund mit Fingern gesehen."

„Definiere mächtig groß..." Dublin hatte begonnen, bevor er den Kommentar registrierte: „Finger?"

„Nun", Gunner hielt inne, seine Hände bewegten sich, um die Größe anzuzeigen, „es ist nicht die volle Größe, aber es ist mehr als die Hälfte. Und ja, Finger."

Dublin atmete gezwungenermaßen aus. „Ich werde mit Hannity sprechen und dich in Kürze dort treffen. Sag EJ, er soll sich bereithalten."

Gunner hatte sich sein Telefon geschnappt und war auf dem Weg zurückgegangen, den er gekommen war. Wenn Dublin eine Ahnung davon gehabt hätte, was als Nächstes kommen würde, hätte er sich vielleicht besser vorbereitet. Andererseits konnte man sich kaum darauf vorbereiten, die Überreste eines Kindes auszugraben. Im Nachhinein war es nur ein kleiner Trost, dass er kein Elternteil war. Dieses kleine Detail hätte der Anstoß sein können, der ihn endgültig aus der Bahn geworfen hätte.

Dreißig Minuten später hatten sie mit Richter Hannity im Schlepptau den Friedhof der Gemeinde Howard zu einem Platz in der Nähe des Teiches überquert, wo EJ wartete.

„Gunner sagt, es ist keines von euch", eröffnete Dublin.

EJ verschränkte die Arme und streckte die Hüfte aus. „Ich bin mir ziemlich sicher, dass ich wüsste, wenn es eines von meinen wäre. Außerdem ist dieses hier schlampig. Und es ist oberflächlich. Nicht annähernd so, wie es üblich ist oder Vorschrift ist", antwortete er, bevor er einen Klumpen Kautabak hinter sich ausspie. „Außerdem, werden meine alle in einem Sarg begraben. Es ragen keine Fingerspitzen aus dem Boden heraus", beendete er und neigte den Kopf zu einer Stelle in der Mitte des Erdflecks, während er mit den Fingern wackelte.

„Okay. Okay", antwortete Dublin und hob die Hände, als ob er sich ergeben würde. „Es ist keines von euch. Irgendwelche Vermutungen?"

EJ schüttelte den Kopf, bevor er sprach. „Nein. Keine einzige. Die Finger sind nicht groß, aber auch nicht klein. Ich kann drei von ihnen erkennen, ohne etwas zu verändern, alle mit kurzen, schmutzigen Nägeln. Entweder abgekaut oder abgebrochen."

Dublin sah Hannity an, dessen ausdrucksloser Blick auf die Finger gerichtet war. „Ihre Entscheidung."

Hannity röchelte beim Einatmen. „Hier gibt es nichts zu entscheiden, Junge. Es muss geöffnet werden."

„Ihr habt den Mann gehört", nickte Dublin EJ und Gunner zu. „Öffnet es."

Stunden später, als die Leiche endlich freigelegt war, standen sie alle vier fassungslos da. Der Junge war bestenfalls ein Teenager. Es war unnötig zu sagen, dass keiner von ihnen eine Ahnung hatte, wer dieses Kind war.

„Ich rufe Cal an", sagte Dublin zu niemandem speziell.

„Gunner", begann EJ, „Hol den Zeltwagen. Ich vermute, dass wir das wahrscheinlich abdecken müssen", sagte er und schaute dabei mehr zu Dublin als zu Gunner.

„Gute Entscheidung", antwortete Dublin. „Ich bin gleich wieder da. Ich muss noch ein paar Sachen aus dem Büro holen. Bis dahin verliert niemand ein Wort darüber."

ÜBERFÜLLT

Als er nach weniger als einer Stunde zurückkehrte, drängten sich bereits fünfzig Leute, die alle einen Blick erhaschen wollten, um das Zelt. Dublin war wütend, als er sich näherte.

„Ihr geht jetzt alle nach Hause. Hier gibt es nichts für euch zu sehen, und ich werde euch auch nichts erzählen", rief er und fuchtelte mit den Händen. „Ich bin sicher, jeder von euch hat im Moment etwas Besseres zu tun. Wenn es etwas gibt, das wir mit euch teilen können, werden wir es tun. Geht jetzt. Verschwindet."

Er warf EJ einen scharfen Blick zu, als er sich unter dem ausgestreckten Arm des Mannes hindurchduckte, der ihm die Zeltklappe aufhielt, damit er eintreten konnte.

„Sehen Sie nicht mich an", konterte EJ den unausgesprochenen Vorwurf.

„Gunner?!" Dublin drehte sich zu ihm.

Gunner hob beide Hände, die eine mit dem Hammer für den Pfahl, den er einschlug, um das Zelt zu halten, die andere mit einem Plastikstrohhalm, den er aus dem Mund gezogen hatte, um zu antworten. „Ich habe diesen Ort nicht verlassen, außer um den Zeltwagen zu holen. Ich habe mit niemandem gesprochen."

„Ihr könnt beide darauf wetten, dass Hannity es niemandem gesagt hat, wer bleibt also übrig?" fragte Dublin.

EJ und Gunner antworteten unisono: „Nettie Jade."

„Wer zum Teufel hat es ihr gesagt?" schrie Dublin und ließ vor Wut seine Werkzeuge fallen, während er seine Finger weit spreizte.

EJ schüttelte den Kopf und musste fast kichern. „Glauben Sie wirklich, dass man ihr irgendetwas sagen musste? Verdammt, diese Frau wusste wahrscheinlich schon vorher, dass es passieren würde."

„Das ist wirklich nicht hilfreich", schimpfte Dublin. „Ernsthaft, woher weiß sie es?"

Gunner rollte mit den Augen. „Sie arbeitet hier. Nicht mal ein Waschbär könnte in der Nacht sein Geschäft verrichten, ohne dass sie es mitbekommt."

„Sie ist mir unheimlich", gab Dublin etwas kleinlaut zu. „Aber holt sie hier her. Wenn sie so allwissend ist, weiß sie vielleicht, wer das hier ist."

„Das habe ich gehört!" Netties Stimme drang durch die Zeltplane. „Und ich bin nicht allwissend", fügte sie hinzu, als sie die Zeltklappe öffnete. „Ich passe auf. Jeder im Umkreis von fünf Meilen, der Zugang zu der Frequenz hat, die die beiden für ihre Funkgeräte benutzen, weiß, dass es heute Morgen ein frisches Grab gab", fügte sie hinzu und klärte die Frage, wie die Leute davon erfahren haben, bevor sie gestellt wurde.

„Schön. Sie wollen also sagen, dass es jeder weiß", erklärte Dublin und ließ den Kopf sinken.

„So ziemlich", antwortete Nettie. „In dieser Stadt gibt es sonst nicht viel zu tun. Die Leute hören dem Funkverkehr zu."

Dublins Schultern sackten in sich zusammen, als er den Kopf hob und zum Himmel blickte, den er durch das Vordach nicht sehen konnte. „Haben Sie gute Neuigkeiten?"

Nettie schaute zwischen den Gesichtern der drei Männer hin und her, zu der Leiche in dem flachen Grab und wieder zurück zu Dublin. „Nein." Sie hielt inne und streckte einen Finger hoch. „Ich korrigiere, ich habe eine gute Neuigkeit. Er ist nicht von hier.“

„Lassen Sie es mich anders ausdrücken“, antwortete Dublin mit einem unamüsierten Lächeln. „Haben Sie gute Neuigkeiten, die wir nicht schon wissen?“

„Oh. Dann nicht“, antwortete Nettie.

Stunden später hatte Dublin rasende Kopfschmerzen. Der Lärm der Menschenmenge jenseits der Zeltwand war fast ohrenbetäubend. Cal hatte die Leiche geborgen und war gegangen, aber nicht ohne Schwierigkeiten. Wenn Dublin raten müsste, lagerte die halbe Stadt auf dem Friedhof und wartete darauf einen Blick zu erhaschen oder ein Wort darüber zu hören, was passiert war. Er hatte ihnen nichts zu sagen. Nur mit Mühe konnte er sich ein Stöhnen verkneifen, als er durch die Klappe lugte. Vorne in der Mitte wartete Vivika Turnbull, die Kolumnistin des örtlichen Klatschblatts und, wie es der Zufall wollte, Nachrichtenreporterin von Channel 10.

Dublin bemerkte, dass der Himmel dunkel wurde, als ob Gott zusah und Mitleid hatte. Ein Gewitter war im Anmarsch. Er brauchte nur zu warten, bis der Regen die Menschen in ihre Häuser trieb.

Er hatte alle losen Teile, die die Sichtungshelfer gefunden hatten, eingesammelt und gekennzeichnet. Es war nicht viel. Und wenn er ehrlich zu sich selbst war, stammte wahrscheinlich alles, was er retten konnte, wahrscheinlich von dem Jungen und nicht von demjenigen, der ihn getötet hatte.

Er entspannte sich schließlich, als er das Donnergrollen und die daraus resultierende Massenflucht der Menge hörte. Sie warteten fünfzehn Minuten, aber nicht eine

Sekunde länger. Sie spürten die Spannung in der Luft, die einen Blitz ankündigte. Sie waren unter dem Zelt nicht sicher. Als er die Klappe zurückzog, wurde ihm klar, dass er auch dahinter nicht sicher war. Vivika stürzte sich auf ihn, bevor auch nur ein Regentropfen ihn erreichen konnte.

„Officer Dublin, was können Sie uns sagen? Wer wurde gefunden? Haben wir eine Identifizierung? Es wird gemunkelt, dass es sich um ein Kind handelt. Können Sie das bestätigen?" Sie stellte ihm eine Frage nach der anderen. Sie und ihr Kameramann waren nur noch zu zweit und warteten unter Regenschirmen. Der Rest der Menge hatte sich zerstreut.

„Ich habe nichts für Sie, Vivika", antwortete er und wechselte die Richtung, damit er um sie herum zum wartenden Streifenwagen gehen konnte.

„Aber Sie leugnen auch nichts, richtig?", fragte sie herausfordernd und nahm die Verfolgung auf.

Dublins Schultern fielen herab und seine Augen rollten nach oben, während sein Atem in einem einzigen Atemzug entwich. Er zählte schnell bis zehn, bevor er sich umdrehte und ihr antwortete. „Ich bestätige oder leugne nichts. Keine Geschichte. Kein Kommentar", antwortete er lapidar, lief in einer fließenden Bewegung um sie herum und ging davon, bevor sie eine weitere Frage stellen konnte.

ERGEBNISSE

Cal rief spät an, um seine erste Einschätzung abzugeben. Nach der Autopsie würde er schlüssigere Ergebnisse haben, er konnte aber bereits jetzt den Tod als unnatürlich einstufen. Zum ersten Mal seit Jahrzehnten hatte Howard einen Mordfall.

Die Sechs-Uhr-Nachrichten verschlimmerten die Situation nur noch. Vivika, die keine einzige Tatsache zu berichten hatte, schaffte es, die Geschichte zu dramatisieren und Panik zu schüren. Dublins Telefon hatte seit Beginn ihres Beitrags nicht mehr aufgehört zu klingeln. Leider war der einzige Anruf, den er wollte, einer, den er nicht vor morgen bekommen würde. Cal war nicht bereit, weiter zu spekulieren.

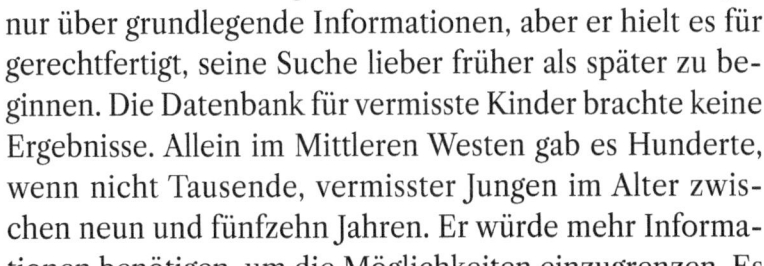

Dublin war früh aufgestanden und im Büro. Er verfügte nur über grundlegende Informationen, aber er hielt es für gerechtfertigt, seine Suche lieber früher als später zu beginnen. Die Datenbank für vermisste Kinder brachte keine Ergebnisse. Allein im Mittleren Westen gab es Hunderte, wenn nicht Tausende, vermisster Jungen im Alter zwischen neun und fünfzehn Jahren. Er würde mehr Informationen benötigen, um die Möglichkeiten einzugrenzen. Es war ernüchternd, und er hatte seit Jahren keinen Drink mehr.

Kaum hatte die Uhr an der Wand acht geschlagen, kam Vivika mit ihrem Kameramann angetrabt.

„Officer Dublin, gibt es etwas Neues? Irgendwelche Kommentare heute?", forderte sie mit einem breiten Grinsen heraus.

„Schalten Sie das verdammte Ding aus, Viv. Es ist keine Geschichte, bis ich sage, dass es eine Geschichte ist, und im Moment ist es keine Geschichte. Kapiert?", forderte er.

Er war überrascht, als sie sich zu ihrer Begleitung umdrehte. „Mach mal fünf Minuten Pause, Max", sagte sie und neigte den Kopf in Richtung Tür. Als sie allein waren, starrte sie ihn mit einem harten Blick an. „Sie wissen, dass Sie das nicht begraben können, oder? Tut mir leid, schlechte Wortwahl", warf sie ein. „Das wird nicht verschwinden. Sie werden sich damit auseinandersetzen müssen", sagte sie leise.

Dublins Augen weiteten sich. „Ich bin mir meiner Verantwortung hier sehr wohl bewusst. Danke für das Update. Wenn Sie nur deswegen gekommen sind, können Sie Ihrem Kameramann zur Tür hinaus folgen. Ich habe Ihnen im Moment nichts zu sagen. Wenn wir etwas wissen, werden wir es wie immer tun und die Informationen veröffentlichen. Im Moment bin ich nicht bereit, Spekulationen zu veröffentlichen, damit Sie Ihren Lebenslauf um den Pulitzer-Preis erweitern können", sagte er und deutete auf die Tür.

Zu ihrer Verteidigung musste man sagen, dass sie fast schon verletzt aussah. „Ich bin eine seriöse Journalistin. Die Leute haben ein Recht darauf, es zu erfahren."

„Nein. Die Menschen haben ein Recht darauf, die Wahrheit zu erfahren, wenn die Wahrheit bekannt ist", entgegnete Dublin und erhob sich von seinem Sitz, während sie sich auf den ihm gegenüberliegenden setzte. „Die Menschen haben ein Recht darauf, geschützt zu werden. Die Menschen haben ein Recht darauf, in ihren Häusern keine Angst vor dem Unbekannten zu haben. Die Menschen haben ein Recht darauf, mit Respekt und Würde behandelt zu werden, und zwar mit all der Ehrerbietung, die wir ihnen entgegenbringen können. Das gilt auch, wenn sie nicht mehr am Leben sind. Zeigen Sie etwas Respekt", schloss er gebieterisch.

„Ich wollte nicht...", stammelte sie.

„Sie wollten nichts!" knurrte Dublin und lehnte sich über seinen Schreibtisch. „Sie haben nicht nachgedacht. Sie haben nicht innegehalten. Sie haben sich nicht die Mühe gemacht, auch nur einen Moment lang an irgendjemanden oder irgendetwas anderes als an sich selbst zu denken. Deshalb... habe ich keine Informationen für Sie. Und das... ist der Grund, warum Sie nicht diejenige sein werden, die die Geschichte bringen wird, wenn Sie nicht aufpassen, was Sie in Zukunft tun", knirschte er mit den Zähnen, als er endete.

Vivika klappte der Kiefer herunter, die volle Erkenntnis seiner Worte traf sie hart. „Sie würden doch nicht..."

„Das würde ich auf jeden Fall."

Dublin lauschte dem sekundären Ticken der Wanduhr für sicher eine ganze Minute, während sie ihn anstarrte und offensichtlich den Wahrheitsgehalt seiner Drohung abschätzte. Er erkannte den Moment, in dem sie die volle Tragweite seiner Worte verstand.

„Sie haben gewonnen", sagte sie leise, als sie sich von ihrem Platz erhob.

„Nein", schüttelte er den Kopf, „hier gewinnt niemand. Es gibt keinen Preis. Das ist der Punkt."

Durch die Glastrennwand bemerkte Dublin, dass Tiffany Trace, seine Sekretärin, wie üblich etwa eine Viertelstunde zu spät kam. Wie aufs Stichwort leuchtete die Standleitung zum Büro des Gerichtsmediziners auf. Da er sich

nicht mit Cal vor Vivika unterhalten wollte, drückte er auf
die Gegensprechanlage und unterdrückte ein Lachen, als
Tiffany aufsprang.

„Trace! Bitte bring Miss Turnbull für mich zur Türe. Ich
habe einen Anruf", dröhnte er durch die Gegensprechanlage und nahm durch das Glas hindurch Blickkontakt mit
Tiffany auf.

Als er allein war, nahm er den Hörer in die Hand und
bellte in den Hörer: „Dublin."

„Dir auch einen guten Morgen", kicherte Cal ins Telefon.
„Wahrscheinlich solltest du für diesen Fall rüberkommen.
Ich kann dir die Basisdaten geben, aber ich habe auch
Details, auf die du achten solltest."

Dublin hatte keine Ahnung, was Cal meinte, aber wenn
es etwas war, das helfen konnte, würde er alles nehmen,
was er bekommen konnte. „Ich bin auf dem Weg.

KERBEN

Dublin hasste den antiseptischen Geruch des Leichen-schauhauses. Nicht ganz so sehr, wie er den Geruch von Verwesung hasste, aber es war nicht weit davon entfernt. In vielerlei Hinsicht war das Leichenschauhaus eine Reizüberflutung für seine feineren Sinne. Der antiseptische Geruch war nur der Zuckerguss. Irgendetwas an den unpersönlichen grauen Fliesen, die an die Edelstahlreihe der Türen und Schubladen angrenzten, die während des Großteils seiner Amtszeit leer geblieben waren, beunruhigte ihn.

Er krampfte seinen Bauch zusammen, bevor er sich zu dem kleinen Raum durchrang, in dem Cal arbeitete. „Okay, ich bin da. Was wissen wir?", eröffnete er, in der Hoffnung, den Besuch zu beschleunigen.

„Willst du die Einkaufsliste? Oder das Play-by-Play?" fragte Cal in einem neutralen Ton.

„Wie auch immer du es mir geben willst", konterte Dublin, da er wusste, dass Cal es auf seine Weise tun würde, egal wie er antwortete.

„Anhand der Leichenflecken lässt sich der Todeszeitpunkt zwischen zweiunddreißig und vierunddreißig Stunden festlegen. Am ehesten zwischen Montagabend dreiundzwanzig Uhr und gestern Morgen ein Uhr", eröffnete er.

Dublin blätterte zu einer neuen Seite in seinem No-
tizbuch und begann zu kritzeln. Als er wieder aufblickte,
fuhr Cal fort.

„Ich würde die Suche auf Jungen im Alter zwischen
zwölf und dreizehn Jahren konzentrieren. Die Todesursache ist definitiv Strangulation. Dazu komme ich gleich,
das könnte hilfreich sein." Er hielt inne, als Dublin einen
Finger hochhielt und sich Notizen machte.

„Ich hab's", sagte Dublin, als er seine Hand wieder
sinken ließ.

„Zuerst dachte ich, er sei erhängt worden, aber die
Spuren sind falsch. Wenn du hier schaust", er zog
das Tuch zurück, um den Jungen von den Schultern
aufwärtszuzeigen. „Dem Muster der Druckstellen nach
zu urteilen, würde ich auf einen Gürtel tippen. Diese
erhabenen, doppelten Abdrücke fallen in einem deutlichen Abstand von einem Zentimeter, wie Kerben am
offenen Ende eines Gürtels, was besonders merkwürdig
ist.

„Normalerweise würde man annehmen, dass der Gürtel durch die Schnalle gezogen wurde, aber ich sehe
keinen Hinweis auf eine Schnalle", sagte er achselzuckend. „Entweder ist es das lose Ende, oder der Gürtel ist
durchgehend eingekerbt, worauf ich ehrlich gesagt tippe,
denn keine Einkerbung weist Gebrauchsspuren auf. Das,
oder er war nagelneu", fasste Cal zusammen und kratzte
sich am Kopf, während er über die Ergebnisse sprach.

„Die Schnalle ist nicht im Nacken?" fragte Dublin.

„Nein, das ist ja das Interessante. Es ist fast so, als
ob die beiden Seiten zusammengebracht wurden und
eine andere Art von Druck verwendet wurde, um sie
geschlossen zu halten", sagte er, hob den Kopf an und
drehte ihn so, dass Dublin ihn sehen konnte. „Siehst du,
wie sich die Kerben verformen?"

„Ja. Du weißt, worum ich dich bitten werde, oder?" entgegnete Dublin.

„Schon dabei. Die Form trocknet gerade."

„Ist sie deutlich genug, dass wir sie verwenden können?"

„Ich hoffe, dass wir etwas finden, das wir mit allem abgleichen können", bot Cal an. „Ich habe keine Ahnung, ob er häufig vorkommt oder nicht."

„Hoffentlich nicht", erwiderte Dublin. „Sonst noch etwas?"

Cal zuckte mit den Schultern. „Ich werde mehr haben und mehr wissen, sobald ich fertig bin, aber ich dachte, die Kerben wären wichtig. Eine weitere Sache, die man beachten sollte, wenn auch nur für die Vernunft, ist, dass er genug Ketamin in seinem Körper hatte, um es nicht zu spüren. Unglücklicherweise kann man das nicht von anderen Missbräuchen sagen. Ich glaube, du suchst nach einem Sexualstraftäter."

„Von Kindern? In Howard?! Das soll wohl ein Witz sein", brachte Dublin seinen Unglauben zum Ausdruck, bevor er ihn filtern konnte.

„Ja, von Kindern. In Howard? Das kann ich nicht sagen. Dieser Junge ist nicht aus Howard. Und nein, ich verarsche dich nicht."

Dublin schüttelte den Kopf. „Erinnere mich daran, dass ich mich bei dir bedanke, dass du mir diese Informationen gegeben hast, bevor ich die Gelegenheit hatte, zu frühstücken. Ich glaube, ich werde krank."

„Ich wünschte, ich hätte bessere Neuigkeiten", sagte Cal und zog das Laken über den Kopf des Kindes.

„Ich auch", stimmte Dublin zu. „Sag mir Bescheid, wenn die Form fertig ist, hoffentlich hilft sie. Ich muss meine Suche eingrenzen und auf einen Durchbruch hoffen. Das könnte hilfreich sein, wenn wir einen Verdächtigen haben, aber im Moment habe ich nichts."

DURSTSTRECKE

Tage später war die Untersuchung im Grunde genommen in der Schwebe. Dublin war einem Verdächtigen ebenso wenig nähergekommen, wie der Identifizierung des Jungen. Die einst freundliche Stadt war zu einer nahezu verlassenen Geisterstadt geworden. Essies Eisdiele, in der um diese Jahreszeit normalerweise mehr los war, war bis auf Essie selbst leer. Nach der Schule wurden die Kinder nach Hause gebracht und hinter Türen eingeschlossen. Es gab kaum Straßenlärm, die Drogerie war leer, und die Laubhaufen warteten darauf, eingesammelt zu werden. Alles Unbekannte wurde gefürchtet, da es nichts Bekanntes mehr gab.

„Also, was passiert jetzt?" fragte Gunner EJ, während er seine Stiefel auf dem Schreibtisch platzierte und an seinem Kaffee nippte. „Wir warten einfach ab?"

EJ legte den Kopf schief und starrte seinen Assistenten an. „Was soll man machen? Sie wissen nicht, wer der Junge ist. Sie wissen nicht, woher er kommt. Sie wissen nicht, wie er hierhergekommen ist. Im Grunde wissen sie nicht viel."

Gunner kratzte sich am Kopf. „Was fragst du mich? Ich weiß es nicht. Ich bin nicht der Denker. Ich... Es ist einfach falsch. Der Junge muss zur Ruhe kommen und nicht irgendwo in einer silbernen Schublade liegen und auf das warten, was vielleicht nie kommt."

„Ich bin mir sicher, dass es irgendwo eine Vorschrift gibt, wie sie das machen, was sie machen, und wann sie es machen können. Aber wenn du eine Idee hast, wie es schneller gehen kann, bin ich sicher, dass Sheriff Dublin gerne von dir hören würde", sagte EJ mit einem Grinsen. „Jetzt nimm deine Füße vom Schreibtisch, wisch den Dreck von meinem Kalender und hol deinen Mist. Wir haben einen Job zu erledigen. Alle Vasen müssen vor dem Ersten umgedreht werden."

Gunner schnaubte. „Du weißt, dass die Hälfte von ihnen wieder gedreht sein wird, lange bevor wir bei Thanksgiving ankommen. Warum warten wir nicht einfach?"

„Weil die Regeln besagen, dass wir sie bis zum ersten November umgedreht haben müssen. Jeder, der seine danach wieder aufstellen will, damit sie voll Wasser läuft, einfriert, kaputt geht und dann nicht klug genug ist, seine Klappe zu halten, kann sich mit Nettie Jade auseinandersetzen. Unsere Aufgabe ist es, sie alle bis zum ersten November umzudrehen. Cappiece?"

„Ja, ich habe dich verstanden. Du und dein Möchtegern-italienisch", brummte Gunner.

Dublin sah auf, als EJ hereinkam. Der Friedhofswärter sprach nicht, sondern legte nur ein silbernes Armband auf den Schreibtisch und wandte sich zum Gehen.

„Was ist das?"

„Es ist ein Armband. Wir haben es beim Drehen der Vasen gefunden. Ich habe alle Bestattungsunterlagen überprüft. Wir haben keinen Kevin Davis. Es sieht aus, als sei es für ein Kind. Und es war nicht weit von der Stelle entfernt, an der die Leiche letzte Woche gefunden wurde. Vielleicht hilft das." Der Friedhofswärter zuckte mit den

Schultern. „Mir ist derzeit auch keine Familie Davis in Howard bekannt. Ich dachte, Sie könnten es vielleicht herausfinden."

„Du glaubst, es gehört dem Kind?" fragte Dublin und hob eine einzelne Augenbraue.

„Nicht mein Fachgebiet, Boss. Ich weiß, dass es nicht auf den Friedhof gehört", entgegnete EJ mit leerem Blick.

„Danke", nickte Dublin. „Ich werde es überprüfen."

Frische Leiche

Gunner Douglas wartete in der Einfahrt, als Dublin das Haus verließ, um zur Arbeit zu fahren. Was als vollkommen normaler Tag begann, änderte sich durch einen einzigen Wortwechsel dramatisch.

„Wir haben noch eines", verkündete Gunner und klang niedergeschlagen.

„Wiederhole das nochmal", forderte Dublin mit geballten Fäusten. Sein Herz raste bereits und er hoffte, dass er etwas falsch verstanden hatte, auch wenn er sich sicher war, dass dies nicht der Fall sein würde.

„Wir haben ein weiteres frisches Grab."

Dublin schluckte schwer, bevor er seiner Stimme traute. „Ist es ein weiteres Kind?"

Gunner schüttelte den Kopf. „Das kann ich nicht beantworten. Wir haben es nicht angerührt. Es sieht aber größer aus als das letzte", fügte er hinzu.

Dublin fuhr sich mit der Hand über das Gesicht, bevor er sie wieder nach oben und durch sein Haar schob. Mit dem ersten hatten sie so gut wie gar nichts erreicht. Jetzt waren es zwei. „Wer weiß es noch?"

„Ich. Sie. EJ. Und, ich könnte mir vorstellen, Nettie Jade." Er hakte jeden Namen mit einem Finger ab. „Niemand sonst wurde benachrichtigt, und EJ und ich haben uns diesmal aus dem Funkverkehr herausgehalten", fügte Gunner mit einem leichten Achselzucken hinzu. „Wir dachten, das würde helfen, die Menschenmenge in Grenzen zu halten."

Dublin zog sein Handy heraus und drückte die Kurzwahltaste für Richter Hannity. Er sah zu Gunner auf, während er darauf wartete, dass der Anruf verbunden wurde. „Ich bin direkt hinter dir."

EJ und Gunner standen in der Nähe eines groben Haufens frisch aufgeschütteter Erde, als Dublin eintraf. Der Zeltwagen war bereits herumgefahren worden, und ein Haufen Werkzeuge lag in der Nähe auf dem Boden.

„Während wir auf den Richter warten, könnt ihr auch gleich das Zelt aufbauen. Wir können nichts weiter tun, bis er uns grünes Licht gibt, obwohl ich ihn über das, was ihr mir erzählt habt, informiert habe", wies Dublin an.

Das Vordach wurde abgenommen, die vier Ecken waren gerade aufgerichtet und der Vorhang angebracht, als der Richter vorfuhr. EJ und Gunner blieben stehen und warteten, während Dublin zum Auto des Richters ging.

„Irgendwelche Vermutungen?" fragte Gunner EJ, ohne sich umzudrehen.

„Nicht mein Fachgebiet", antwortete EJ und beobachtete die beiden anderen Männer, die sich näherten.

Richter Hannity ging einen Kreis um den Hügel, bevor er in der Nähe der beiden Friedhofsgärtner zum Stehen kam. „Dasselbe wie zuvor?", fragte er, ohne näher darauf einzugehen.

„Soweit wir das beurteilen können", antwortete EJ achselzuckend. „Gunner fand es morgens, als wir ankamen."

Hannity schüttelte den Kopf und wandte sich an Dublin. „Wir müssen das im Keim ersticken. Es im Keim ersticken, bevor es wächst."

Dublin schnaubte. „Im Keim ersticken? Im Keim ersticken ist nett im Vergleich zu dem, was ich tun will. Ich will diesen Mistkerl an den Wurzeln ausreißen und den Boden bleichen, damit nichts mehr wachsen kann."

Hannity kicherte. Seine Hand hob sich, um die Muskeln in seinem Nacken zu kneten. „Sehen Sie zu, dass Sie genau das tun. In der Zwischenzeit machen Sie das hier auf", beendete er und trat zurück, um zuzusehen.

Mit Handspaten und dicken Pinseln hoben EJ und Gunner den Boden Schicht für Schicht aus, um den frischen Leichnam freizulegen. Wie die erste Leiche war auch diese nicht in einem geeigneten Sarg eingeschlossen. Dieses war jedoch tiefer als das Erste. Sie waren fast einen Meter tief, bevor sie etwas entdeckten. Hätten sie am Fußende begonnen, wären sie früher auf die Schuhspitzen gestoßen, aber vom Kopfende aus mussten sie tiefer gehen.

Als das Gesicht aufgedeckt wurde, sprang Gunner zurück und kletterte aus dem Grab. „Ich kenne ihn", stammelte er, während er rückwärts krabbelte.

Dublin und Hannity traten an den Rand und blickten nach unten. Dublins Augen wurden groß. „Ich kenne ihn auch."

„Nun, ich kenne ihn nicht", sagte Hannity. „Wer ist es?"

„Das ist Mr. Culleroy", rief Gunner mit einem Schaudern am ganzen Körper aus. „Er wohnt draußen an der alten 43, nicht weit vom Haus meiner Großeltern entfernt. Als ich ein Kind war, hat er mir eine Heidenangst eingejagt."

EJ gluckste und wischte sich die Augen. „Als du ein Kind warst? Mir scheint, das tut er immer noch. Oder bist du noch ein Kind?"

„Lach so viel du willst, EJ", konterte Gunner und rieb sich mit den Handflächen die Arme auf und ab. „Er war ein unheimlicher Kerl. Meine Großmutter hat mir immer gesagt, ich soll mich von ihm fernhalten. Das tat ich."

„Wie alt bist du, Gunner?" fragte Dublin. „Ich meine, wie lange ist das her?"

Gunner schüttelte den Kopf. „Ich habe mich von diesem Verrückten ferngehalten", sagte er und zeigte auf die Leiche, „bis zu dem Tag, an dem wir das Grundstück da draußen verkauft haben. Ich war schon seit", er wackelte mit den Fingern, während er mit dem Mund zählte, „fünf oder sechs Jahren nicht mehr dort."

„Du warst also nie auf seinem Grundstück?" fragte Dublin.

Gunner hob beide Hände abwehrend vor seinen Körper. „Auf keinen Fall. Nicht mehr, seit ich etwa zehn war. Verstehen Sie mich nicht falsch, er war nicht gemein oder so etwas. Eigentlich war er nett, aber auf eine Art und Weise, die einem die Nackenhaare zu Berge stehen ließ."

Hannitys Augenbrauen hoben sich, als er sich Dublin zuwandte. „Sie sagten, Sie kennen den Kerl auch?"

„Ich kenne ihn, ja", nickte Dublin. „Wir haben dort vor ein oder zwei Jahren eine Wohlergehens-Überprüfung durchgeführt. Es begann mit einem Bericht über ein unbeaufsichtigtes Feuer, das außer Kontrolle geraten war. Als wir dort ankamen, war es nichts als ein großer Aschehaufen."

Hannity nahm seine Brille ab und kniff sich in den Nasenrücken. Er sprach erst, nachdem er seine Brille wieder aufgesetzt und Dublin anvisiert hatte. „Ich würde sagen, es ist höchste Zeit, dass Sie eine weitere Überprüfung in diesem Haus durchführen."

„Ich glaube, Sie haben recht."

„Aber erst später. Bringen Sie das hier zu Ende und lassen Sie Cal sein Ding machen. Ich will wissen, was mit Mr. Culleroy hier passiert ist. Kommen Sie danach in mein Büro, ich werde einen Durchsuchungsbefehl für das Anwesen vorbereiten", schloss Hannity, bevor er zu seinem Auto zurückkehrte und losfuhr.

Als er weg war, wandte sich Dublin wieder an Gunner. „Du sagst, er hat dir eine Heidenangst eingejagt?"

„Sagen wir einfach, meine Großmutter brauchte mir nicht zweimal zu sagen, dass ich ihn in Ruhe lassen soll. Er hat mir eine Gänsehaut bereitet und mir den Magen umgedreht. Ich wollte nichts mit ihm zu tun haben."

„Wie ist es mit jetzt?" fragte Dublin direkt und blickte in das Grab, das noch fertig ausgehoben werden musste.

„Ich bin mir nicht sicher, ob ich eine Wahl habe", konterte Gunner, stöhnend. „Es sei denn...", er blickte hoffnungsvoll zu EJ, „du willst das beenden?"

Ein verruchtes Grinsen ging über EJs Gesicht. „Wie viel ist es dir wert?"

„Wahrscheinlich eine Menge. Was ist dein Preis?"

„Wie sehr hängst du an den Karten für das Spiel der Blues gegen die Blackhawks?" ließ EJ lässig fallen.

„Das ist mies, Mann. Mit den Eishockeykarten eines Mannes zu feilschen? Echt mies", erwiderte Gunner und knirschte den Strohhalm zwischen den Zähnen.

EJ saß am Rand des Grabes und starrte Gunner fest an. „Siehst du, es ist so, in dieser Hand...", er hob seine rechte Hand, komplett mit dem breiten, abgewinkelten Pinsel, „habe ich dieses Ding, das mir hilft, die Arbeit hier zu erledigen", er zeigte in das Grab, „die wir zusammen schneller erledigen könnten. Aber in dieser Hand...", er hob seine leere linke Hand, „könnte ich nichts haben, oder ich könnte ein anderes Werkzeug und Eishockeykarten haben. Was darf's sein?"

„Du weißt, dass ich dich hassen werde, wenn du mich zwingst, dir meine Tickets zu geben, oder?" gab Gunner zurück und tat sein Bestes, um nicht gereizt zu klingen.

„Ja, aber du musst verstehen, dass ich damit leben kann", antwortete EJ sachlich.

Gunner riss sich den zerfetzten Strohhalm von den Lippen und ließ ihn fallen. Er zog einen neuen aus seiner Tasche und riss die Papierhülle von McDonald's ab. „Das ist Raub. Straßenraub", sagte er, bevor er den Strohhalm zwischen seine Zähne klemmte.

EJ schnaubte und ließ die Borsten des Pinsels zwischen seinen Fingern auffächern. „Nein. Es ist eine Gelegenheit. Für mich sind es Karten für die Blues. Für dich ist es die Möglichkeit, etwas tun müssen, was du eigentlich nicht tun willst. Vielleicht macht es das zu einem Kompromiss", grinste EJ.

„Na gut!" Gunner willigte ein. „Nimmst du mich wenigstens zum Spiel mit?"

„Ich werde darüber nachdenken."

„Hart, EJ. Hart", stöhnte Gunner.

Gunner übergab seine Werkzeuge, stellte die Zeltstangen auf und zog die Seitenwände hoch, bevor er sich auf den Weg machte. Er wusste, dass er sich aus dieser Verantwortung nicht entziehen konnte. Er schaffte gerade einmal fünf Schritte weit, bevor EJ ihn zurückrief.

„Du bist hier noch nicht fertig. Heb den ekligen, verknoteten Strohhalm auf, den du auf den Boden geworfen hast. Ich habe schon eine ganze Tasche voll davon."

Gunner grummelte die ganze Zeit, holte aber seinen Müll und machte sich auf den Weg. Das einzig Gute daran war, dass er sich nicht mit Marco Culleroy herumschlagen musste. Er wusste bereits, dass er einen Weg finden würde, um seine Tickets von EJ zurückzubekommen. Aber nicht heute.

Dublin beobachtete den Schlagabtausch ungläubig und versuchte aktiv, nicht zu lachen, als er sich abspielte. EJ nahm kein Blatt vor den Mund. Er würde sich daran erinnern.

OFFENBARUNG

EJ war vorsichtig, aber schnell. Während Dublin zusah, wurde Culleroys Körper Stück für Stück freigelegt. Sein Herz schlug ihm bis zum Hals, als die Hose des Mannes zum Vorschein kam und seine Augen traten ihm fast aus den Höhlen. Durch die Schlaufen war ein Gürtel mit Schnalle gefädelt. Der lange Lederriemen, der den Mann umschloss, hatte in regelmäßigen Abständen Löcher gestanzt, zwei hoch, etwa einen Zoll voneinander entfernt. Er war kein Zahlenmensch, aber er war mehr als bereit, darauf zu wetten, dass die Chancen gering waren.

„Ich will verdammt sein", zischte Dublin.

EJ sah auf. „Was?", fragte er und folgte Dublins Blick, konnte aber nichts Ungewöhnliches entdecken. „Was hat Sie so beeindruckt?"

Dublin zeigte hin. „Sein Gürtel. Ich glaube, ich habe ihn schon einmal gesehen."

EJs Gesicht verzog sich vor Verwirrung. „Okay. Nicht beeindruckend. Es ist ein Gürtel."

„Vielleicht."

Cal Roundtree kam in diesem Moment durch die Klappe. „Du hast geläutet?"

„Ja. Wir haben noch eine", Dublin zeigte auf die Stelle, an der EJ weiterarbeitete. „Sobald EJ fertig ist, gehört er dir. Normales Prozedere."

„Ich glaube, ich schaffe das schon", antwortete Cal mit einem Lachen.

Dublin rief ihn mit einem Finger näher, und flüsterte: „Ich will dir nicht vorschreiben, wie du deine Arbeit machen sollst, aber du musst den Gürtel überprüfen."

Cal trat an den Rand des Grabes und sah hinunter. „Meinst du?", fragte er, ohne aufzublicken.

„Ich denke, es ist verdammt seltsam, das ist es, was ich denke", erwiderte Dublin.

„Ich werde es überprüfen", sagte Cal und nickte. Er wandte sich an EJ: „Wie viel Zeit brauchst du noch?"

EJ bemerkte erst mit Verspätung, dass Cal mit ihm sprach. „Was?"

„Wie lange?"

EJ überprüfte seinen Fortschritt. Wenn sich nichts unter dem Mann befand, was er nicht sehen konnte, sollten sie keine großen Schwierigkeiten haben, ihn anzuheben und herauszuziehen. „Wenn Sie den Wagen herholen und mir helfen, können wir ihn wahrscheinlich jetzt herausziehen."

„Das passt für mich", entgegnete Cal. Einen Moment später drehte er sich wieder um. „Warum arbeitest du allein? Was ist mit Gunner passiert?"

Dublin brach in schallendes Gelächter aus. „Eishockeykarten."

Cals Kinnlade klappte herunter. „Du hast Gunner dazu gebracht, sich von den Karten für die Blues zu trennen?", fragte er und sah zwischen den beiden Männern hin und her.

EJ grinste. „Druckmittel ist alles."

„Du bist ein ganz Wilder", bemerkte Cal und klang beeindruckt. „Erinnere mich daran, nie gegen dich zu wetten."

Als die Leiche im Leichenschauhaus lag, verschob Cal seine erste Beurteilung und zog stattdessen den Gürtel heraus, um ihn an dem Jungen zu überprüfen. Nachdem er ihn vorsichtig aus den Schlaufen gezogen hatte, entfernte er alle anhaftenden Rückstände und saugte die einzelnen Löcher mit einem Staubsauger ab, um Partikel zu entfernen, die später untersucht werden mussten. Mit angehaltenem Atem legte er das Leder gegen den weichen Abdruck, den er vom Hals des Jungen genommen hatte.

„Heilige Hannah", rief er aus, als es perfekt passte.

Nachdem er sich wieder gefasst hatte, legte Cal den Gürtel vorsichtig hin, um das Leder, die Löcher und die Schnalle unter dem Mikroskop Abschnitt für Abschnitt zu untersuchen. Nach zwei Dritteln der Strecke fand er das Stück, das das Szenario vom Zufall zur Gewissheit werden ließ. Auf der Unterseite des Leders waren Abdrücke von Epithelzellen, die sich über den Rand von zwei Schnallenlöchern gebogen hatten.

Insgesamt waren es vielleicht ein Dutzend winziger Proben. Es war nur ein Bruchteil einer Probe, wie er es noch nie gesehen hatte. Doch der Anstand gebot ihm, zunächst nur die Hälfte zu testen. Er bereitete die Proben sorgfältig vor und ließ den Computer die Arbeit machen, wo er zu zittrig war, um es selbst zu tun. Er konnte kaum atmen und war sicher, dass sein Herz mehrmals stehengeblieben war, während er auf die Ergebnisse wartete.

Als der Computer eine positive Übereinstimmung zwischen den Zellen des Gürtels und denen des Jungen feststellte, wurde er fast ohnmächtig. Sie wussten immer noch nicht, wer der Junge war, aber zumindest wussten sie jetzt, wer ihn wahrscheinlich getötet hatte. Das Problem war nur, wer hatte den Mörder getötet?

Cal stolperte fast über seine eigenen Füße, als er versuchte, zu seinem Handy auf der anderen Seite des Tresens zu gelangen. Er wählte Dublins Nummer und zwang sich, mehrmals tief durchzuatmen, um sich zu beruhigen, während es klingelte. Nachdem die Verbindung hergestellt war, musste er noch einmal tief Luft holen, bevor er beginnen konnte. „Ich habe gute Nachrichten. Und ich habe keine guten Nachrichten."

„Uhhhh", stotterte Dublin, offensichtlich überrumpelt. „Ich nehme an, das ist besser, als wenn du gute Nachrichten und schlechte Nachrichten hast. Was sind die nicht guten Nachrichten?"

„Ich habe immer noch keine Ahnung, wer der Junge ist", erwiderte Cal.

„Und die gute Nachricht?" fragte Dublin.

„Ich bin mir ziemlich sicher, dass ich weiß, wer ihn getötet hat."

MIASMA

Von der Straße aus sah das Culleroy-Anwesen aus wie jede andere Farm. Ob dort allerdings etwas anderes als Unkraut wuchs, war fraglich. Das weiße, mit Schindeln verkleidete Haus stand etwas abseits von der Straße. Seltsamerweise brannten viele Lichter. Dublin saß hinter dem Steuer, als er den Wagen zum Stehen brachte und parkte.

„Tiffany, ich bin zehn-dreiundzwanzig", funkte er bei seiner Ankunft.

„Zehn-vier."

„Standby auf diesem Kanal. Ich gehe jetzt rein."

Bei seinem Rundgang um das Gebäude bemerkte er keine Bewegung im Inneren. Draußen sah die Sache anders aus. Es waren definitiv mehrere Personen auf dem Gelände gewesen, wie er an mindestens zwei verschiedenen Fußspuren erkennen konnte. Er würde Bud bitten, herauszukommen und Abdrücke zu nehmen. Er war nicht sehr zuversichtlich, dass es Übereinstimmungen geben würde, aber man konnte ja nie wissen.

Ein Schauer lief ihm über den Rücken, als er um die Rückseite des Hauses kam und bemerkte, dass die Verandatür angelehnt war. „Verdammt", sagte er zu sich selbst. Er zog ein Paar Latexhandschuhe hervor und zog sie über.

Er schob die Tür auf und achtete darauf, den Griff nicht zu berühren. Nichts hätte ihn auf das vorbereiten können, was er im Inneren vorfand. Die Küche war komplett aus

Edelstahl, Geräte, Theken und fast jede Oberfläche. Sogar
die Stühle am Tisch waren steril und sahen ungemütlich
aus. Ein kurzer Blick über die Oberflächen ließ ihn vermuten, dass keine Fingerabdrücke gefunden werden würden.

Hinter der schwingenden Küchentüre sah die Sache
anders aus. Der Salon war gefüllt mit Kameras, Beleuch-
tung und anderer Ausrüstung, die er nicht identifizieren
konnte und welche wahrscheinlich für ein Hollywood-Set
benötigt wurde. Der Schauer, der ihm zuvor über die
Wirbelsäule gelaufen war und sich zwischen seinen Schul-
terblättern niedergelassen hatte, machte sich auf den Ar-
men breit und hinterließ eine Gänsehaut.

Ein kleiner Raum an der Seite war mit Computerausrüs-
tung gefüllt. Es gab genug Arbeitsplätze für drei oder vier
Personen, stellte er fest, als er einen Blick hineinwarf. „Was
in aller Welt hast du gemacht, Marco?" fragte Dublin in den
leeren Raum.

Die übrigen Räume im Hauptgeschoss waren leer, unheimlich leer. Auch die Treppe zum zweiten Stock war
kahl. Dublin bemerkte, dass es an keiner Wand und auf
keinem Regalbrett, das er sehen konnte, ein einziges Foto,
Schnickschnack oder einen persönlichen Gegenstand gab.

Das Badezimmer im Obergeschoss war, wie die Küche,
aus Edelstahl oder glänzenden Oberflächen. Nur die Rolle
Toilettenpapier und der durchsichtige Duschvorhang
standen im Kontrast dazu. Im Wäscheschrank befanden
sich genau vier Handtücher und vier Waschlappen, zwei
ungeöffnete Seifenstücke und ein kleiner Kulturbeutel mit
einem Rasierapparat, einer Zahnbürste, Zahnpasta und
Rasierschaum. Dublin war verblüfft, aber nicht überrascht,
dass der Medizinschrank ebenfalls leer war.

Der nächste Raum, den er betrat, wäre wahrscheinlich
ein Schlafzimmer gewesen, wenn sich darin etwas befun-

den hätte. Es war leer. Der letzte Raum, das Hauptschlafzimmer, war der Größe nach zu urteilen spärlich eingerichtet. Ein Doppelbett mit Nachttisch, eine Kommode und ein kleiner Stuhl am Fenster waren die einzigen Bewohner. Wie im übrigen Haus hing auch hier nichts an den Wänden. Selbst die Fenster waren nur mit einem einzigen Rollo versehen. Es gab keine Vorhänge. Ein einziger Kamm, der auf der Kommode lag, stach dramatisch aus dem Bild heraus.

Die Kommode enthielt T-Shirts, Unterwäsche und Socken, aber kaum genug für eine Woche. Auch der Kleiderschrank hatte nur wenig Inhalt. Ein Paar Arbeitsstiefel, ein Paar Hausschuhe und mehrere Hosen, die in präzisen Reihen neben aufeinander abgestimmten Hemden hingen. Das Wort spärlich reichte nicht aus, um zu beschreiben, was er sah.

Zurück im Hauptgeschoss stieß er auf mehrere Schränke, bevor er die Tür zur Kellertreppe fand. Nach dem sterilen, kalten Gefühl im restlichen Haus wurde er von dem Geruch, der ihn beim Öffnen dieser Tür überfiel, fast erschlagen. Die Luft hier war dick von Schweiß und einem Miasma anderer unangenehmer Gerüche. Dublin trat einen Schritt zurück, um die Luft einen Moment lang abzulassen, bevor er sich anschickte, hinunterzugehen.

Jeder Schritt nach unten wurde quälender als der vorherige. Er war dankbar, dass er nicht den Geruch von Verwesung wahrnahm, aber was er wahrnahm, war irgendwie noch schlimmer. In seiner gesamten bisherigen Laufbahn hätte er viel Geld darauf verwettet, dass es nichts gab, was schlimmer roch als verwesendes Menschenfleisch. Das würde er noch einmal überdenken müssen.

Als er unten ankam, drehte sich ihm bei dem, was er sah, der Magen um. Der Raum war sauber in zwei verschiedene Bereiche unterteilt. Auf der einen Seite befand sich eine

Wand mit drei Zellen, von denen jede kleiner war als die, die er im Gefängnis hatte. Jede war mit etwas ausgestattet, von dem er nur vermuten konnte, dass es die Hälfte einer einzelnen Matratze war. Der einzige weitere Inhalt waren ein paar billige Spielzeuge. Dublin würgte Galle hoch und kämpfte darum, dass es nicht mehr wurde.

Die andere Seite war genauso beunruhigend, wenn nicht sogar noch beunruhigender. Noch mehr Edelstahl war mit einer verrückten Ansammmlung von Bondage-Ausrüstung ausgestattet, wie er sie selbst beim Bezahlfernsehen noch nie gesehen hatte. Die Bedeutung dessen war klar. Der Drang, sich zu übergeben wurde zu einem unaufhörlichen, unmittelbaren Bedürfnis. Alles, was er bei sich hatte, war eine kleine Asservatentüte.

Er bezweifelte, dass sie ausreichen würde.

Er hielt sich eine Hand vor den Mund, drückte sich mit Daumen und Zeigefinger die Nase zu und rannte die Treppe hinauf, in der Hoffnung, dass er sich schnell zurechtfinden und nach draußen gelangen würde, bevor das Unvermeidliche geschah. Es war knapp.

Sein Magen krampfte sich wieder zusammen, als der Geruch seines wiedererlebten Frühstücks auf ihn einprasselte, und er wich zurück. Als er sicher war, dass sein Magen leer war, meldete er sich über Funk.

„Tiffany, ich bin zehn... Scheiß drauf. Ich habe keinen Code für das hier. Schick Bud mit dem Van und ein paar Kisten mit Müllsäcken raus. Ich glaube nicht, dass wir Beweissäcke haben, die groß genug für so etwas sind. Dann rufst du in St. Louis an. Wir werden ein ganzes Team brauchen", stöhnte er.

„Zehn-vier. Geht es dir gut? Du hörst dich nicht gut an", fragte Tiffany lapidar.

Dublin schwankte zwischen Professionalität und Wahrheit. Er entschied sich für die Wahrheit. „In fast dreißig Jahren habe ich so etwas noch nie gesehen. Nein, mir geht es nicht gut. Niemandem würde es gut gehen."

„Verstanden, dann warte auf Bud, bis er kommt. Sonst noch etwas?"

Dublin zuckte zusammen. Es war das Letzte, was er tun wollte, aber er wusste, dass er überfordert war. „Ruf Detective Gray an."

„Bist du sicher?"

„Nein. Ich bin mir nicht sicher. Tu es einfach, bevor ich die Chance habe, darüber nachzudenken", forderte Dublin. „Das ist alles. Over."

Dublin ließ sich in seinen Stuhl fallen und war einen Moment lang dankbar, dass der Tag zu Ende ging. Das Team aus St. Louis war gerade dabei, den Keller zu untersuchen, was ihm sehr recht war. Wenn er diese Treppe nie wieder hinuntergehen müsste, würde es ihm nichts ausmachen. Bud hatte es geschafft, von den Fußabdrücken außerhalb des Hauses einen Abdruck zu nehmen, und gemeinsam hatten sie die Geräte aus dem Wohnzimmer oder scheinbaren Büro mitgenommen. Sie hatten die Kabel herausgezogen und nur die Komponenten mitgenommen. Sie verschwendeten keine Zeit damit, die Kabel zu entwirren. Die Computer würden zum Mittelpunkt der Aufmerksamkeit seiner Abteilung werden. Seiner Abteilung und einer nervösen hitzköpfigen namens Detective Darian Gray.

EINER WENIGER

Cal rief vor dem Kaffee an. Dublin fragte nicht nach. Wenn Cal ihn so früh am Tag rief, war es entweder eine wirklich gute Nachricht oder aber eine wirklich schlechte. Er beschloss, dass er warten konnte, um das eine oder andere herauszufinden.

Als er ankam, stand ein Rollwagen mit Schutzausrüstung und einer Maske vor der Tür. Dublin stöhnte auf. Definitiv keine gute Nachricht, wenn er das brauchte. Vollständig ausgerüstet stieß er die Tür mit dem Ellbogen auf und trat ein. „Du hast gerufen?"

„Das habe ich. Ich habe Antworten für dich, aber nicht unbedingt die, die du willst", kommentierte Cal über seine Schulter hinweg.

Dublin konnte nur vermuten, dass Cal lächelte, so wie seine Augen funkelten, da er durch die Maske seinen Mund nicht sehen konnte. „Okay, erzähl es mir."

„Es ist einfacher, wenn ich es dir zeige. Ich weiß, dass du diesen Teil liebst", stichelte Cal.

„Lieben? Nennt man das jetzt so?" konterte Dublin. „Mach einfach weiter."

Er ballte die Fäuste, als Cal das Laken zurückzog und das erste Opfer zum Vorschein kam. Selbst so kurz vor seiner Pensionierung würde er sich nicht mehr daran gewöhnen, eine Leiche auf diese Weise zu sehen. Er versuchte mehrere tiefe Atemzüge zu nehmen, was ihm nicht gelingen wollte. „Sag mir, dass du Nasenpaste in der Nähe hast", klagte er.

„Natürlich", antwortete Cal und deutete auf das Regal hinter Dublin in der Nähe der Tür. „Bedien dich."

Die minzige Frische der Nasenpaste milderte die Gerüche des Körpers, und zum Glück auch des Antiseptikums. Es war auch nicht schlecht, um seinen rollenden Magen zu beruhigen, dachte Dublin. „Ich bin bereit, wenn du es bist."

„Wir haben bereits festgestellt, dass der Gürtel zu den Strangulationsspuren passt, die um den Hals herum hinterlassen wurden. Das Fehlen von Hinweisen auf die Schnalle kann auf den Doppeldorn Stil zurückgeführt werden, der verwendet wurde", begann Cal.

„Okay. Den Teil haben wir schon irgendwie erraten", entgegnete Dublin, der ein paar Schritte von der Leiche entfernt blieb.

„Ja, das haben wir. Ich wusste es aber nicht genau, bis ich die Gelegenheit hatte, mir das Zungenbein anzusehen. Bei einem Kind in diesem Alter ist es normalerweise so biegsam, dass es bei einem Erhängen nicht reißen sollte. Und das tat es auch nicht. Allerdings gibt es Anzeichen von Stress. Das, zusammen mit der Hirnschwellung", Cal ging auf den Kopf zu.

„Stopp!" warf Dublin ein. „Du musst es mir nicht zeigen. Sag es mir einfach."

Cal kehrte in seine ursprüngliche Position auf der anderen Seite des Körpers zurück. „Okay. Im Grunde wurde der Junge erstickt, oder in diesem Fall wurde ihm lange genug Sauerstoff vorenthalten, um zu einem Versagen der Atmungsorgane und einer Hirnschwellung zu führen. Die Todesursache ist Erstickung."

„Und?" drängte Dublin, da er dachte, dass dies unmöglich der einzige Grund für einen Anruf am frühen Morgen sein konnte.

„Und ich konnte die restlichen Epithelzellen von Marco Culleroy mit anderen Stellen am Körper des Jungen vergleichen. Soll ich es dir zeigen?"

Dublin überlegte, während er Cal anstarrte. „Muss ich?"

„Wie ich dich kenne, wahrscheinlich nicht", antwortete Cal ehrlich. „Aber ich kann es. Ich kann dir auch zeigen, wo andere latente Blutergüsse fast perfekt zu Culleroys Händen passen."

„Nein", schüttelte Dublin den Kopf. „Mir reicht das so. Wenn du sagst, dass es so ist, dann nehme ich dich beim Wort. Ich will das nicht sehen."

„Wie du meinst", nickte Cal und legte das Laken wieder über den Jungen. „Ich kann mit gutem Gewissen sagen, dass es sich um Mord durch Ersticken handelt und Marco Culleroy der verantwortliche Angreifer ist."

„Nun, das ist einer", klagte Dublin und schritt zum Fuß des Stahltisches und wieder zurück. „Aber er ist auch tot. Wenn du mir nicht sagen willst, dass er sich aus Schuldgefühlen das Leben genommen hat oder so, haben wir immer noch ein Problem."

Cal hielt einen einzelnen Finger hoch, bevor er den mit einem Tuch bedeckten Tisch zur Seite rollte. Er ging ein paar Schritte zurück, zog den Hebel an einer der kleinen quadratischen Türen, schwang sie auf und rollte ein langes Tablett heraus. Als er das Laken zurückzog, kam Marco Culleroy bis zur Mitte der Brust zum Vorschein. „Ich habe schon mal angefangen."

„Hat er gelitten?" fragte Dublin, bevor er seine Worte filtern konnte.

Cals Kopf ruckte bei dieser Frage hoch. „Das ist durchaus möglich."

„Es tut mir leid. Ich hätte das nicht fragen sollen. Ich war gestern draußen beim Haus und irgendwie hat der Teil in mir, der nicht der Sheriff ist, gerade den Profi verdrängt, nachdem ich das gesehen habe."

„Möchtest du das erklären?" fragte Cal.

„Nicht wirklich. Wenn wir mehr wissen und wenn das, was ich vermute, tatsächlich wahr ist, dann ja, dann wirst du es wissen müssen. Aber im Moment glaube ich nicht, dass ich darüber reden kann", antwortete Dublin und kämpfte darum, sein nicht vorhandenes Frühstück bei sich zu behalten.

„Gut", nickte Cal, während er den Kopf drehte. „Siehst du hier diese kleinen, runden Blutergüsse?", fuhr er fort, ohne aufzusehen, um zu sehen, ob Dublin ihm folgte. „Genau in der Mitte befindet sich ein winziges Ein-stichloch. Soweit ich das beurteilen kann, hat es ungefähr die Größe einer Insulinnadel. Ich habe mir die medizini-schen Unterlagen angesehen. Marco Culleroy war kein Di-abetiker."

„Aber ich dachte, der Körper der meisten Menschen produziert sowieso Insulin? Ist das nicht richtig? Was wäre also, wenn er eine Insulinspritze bekommen hätte?" fragte Dublin. „Ich kann dir nicht ganz folgen."

„Nun..." Cal nickte und ließ den Kopf von links nach rechts kreisen. „Das stimmt schon, aber genauso wie ein Diabetiker eine geregelte Dosis Insulin braucht, braucht ein Nichtdiabetiker nicht zu viel davon. Es gibt so oder so Konsequenzen."

„Woher willst du das wissen? Hat er Insulin bekommen? Hat er zu viel bekommen?"

„Da ich in den Blutwerten nichts anderes gefunden habe, könnte eine Überdosis Insulin eine Möglichkeit sein. Wenn eine einigermaßen gesunde Person eine hohe Dosis Insulin erhält, könnte dies zu einer Hypoglykämie führen."

„Davon habe ich schon gehört", warf Dublin ein. „Wir haben immer etwas davon in unseren Notfallsets für den Fall, dass wir damit konfrontiert werden. Die Person muss auch normale Nahrung zu sich nehmen, aber anfangs braucht sie Süßigkeiten, um Zittern, Schweißausbrüche und, wenn ich mich recht erinnere, Krampfanfälle zu vermeiden."

„Genau! Das sind einige der Reaktionen. Verwirrung, Schwäche und Übelkeit gehören ebenfalls zu den ersten Symptomen. Aber wenn sie unbehandelt bleibt, kann sie schließlich zu Bewusstlosigkeit oder sogar zum Tod führen", fasste Cal zusammen.

„Du willst mir sagen, dass er an einer Überdosis Insulin gestorben ist?" fragte Dublin ungläubig.

„Nein, das will ich nicht", sagte Cal gleichmütig.

„Was dann? Weil es sich so anhört, als ob du das sagen würdest."

„Ich denke..." Cal hob die Hand, um Dublin zu unterbrechen: „Ich denke, es ist durchaus möglich, dass er durch eine Überdosis Insulin außer Gefecht gesetzt wurde."

„Aber nicht getötet?"

„Nein. Ich fürchte, Mr. Culleroy war noch sehr lebendig, als er begraben wurde."

Dublins Kinnlade klappte herunter. Er hob beide Zeigefinger, um Cal um eine Pause zu bitten, damit er verarbeiten konnte, was ihm gerade gesagt worden war. „Bist du sicher?" Dublin schaffte es schließlich, sein Erstaunen zum Ausdruck zu bringen.

„Den Erdklumpen in seiner Nase und seiner Luftröhre nach zu urteilen, bin ich mir fast sicher, dass er Luft geholt hat. Ich werde es genauer wissen, sobald ich an den Lungen bin."

„Und...?", drängte Dublin.

„Er starb auch an Erstickung."

Dublin erinnerte sich fast eine Sekunde zu spät daran, dass er Nasenpaste auf seinen Handschuhen hatte, und zog seine Hände gerade noch rechtzeitig zurück, als er sich mit den Fingern durch die Haare fahren wollte. „Ich will verdammt sein."

Nemesis

Das Knurren seines Magens verkündete lautstark, dass es bald Mittag war. Dublin hatte sich in der letzten Stunde nicht bewegt und verarbeitete im Geiste die Informationen, die Cal ihm am Morgen mitgeteilt hatte. Er vernahm geistesabwesend, wie die Vordertüre geöffnet wurde, machte sich aber nicht die Mühe, aufzublicken. Tiffany würde sich schon darum kümmern.

„Atmet er?" Er hörte die hochtönende Frage aus der Nähe und wusste genau, wer gesprochen hatte. Er vergaß die Kaffeetasse, die er in der Hand hielt, und kippte den Inhalt fast in seinen Schoß, als er sich aufsetzte und umdrehte.

„Ja, ich atme", brummte er. „Hast du auf der Akademie nicht gelernt, dass man sich nicht anschleicht?", stieß er hervor und wünschte sich, er hätte noch einen Moment Ruhe gehabt.

„Nein. Ganz im Gegenteil. Wir haben auf der Akademie gelernt, wie man sich tarnt. Was hat man euch beigebracht? Kannst du dich überhaupt erinnern?"

Dublin stellte den Pappbecher beiseite, kratzte sich mit der freien Hand am Haaransatz und drehte seinen Stuhl um, so dass er Darian Gray auf der anderen Seite des Schreibtisches gegenüberstand. „Ha, ha. Gibt es nicht irgendwo ein verdecktes Bild von dir, das ich aufdecken kann, um dich dann endlich für immer loszuwerden?"

„Ha, ha, du mich auch Dublin. Du hast mich anrufen lassen, erinnerst du dich?"

Er betrachtete sie von oben bis unten. Einiges hatte sich verändert, aber vieles war immer noch gleich. In ihrer braunen Uniform, die etwas zu eng war, war Darian Gray eindeutig als Frau zu erkennen. Die Tatsache, dass sie ihr Haar kurz geschnitten trug, in der femininen Version einer Pixie-Frisur, täuschte niemanden. Das Einzige, was darauf hindeutete, dass sie gegen die Vorschriften verstieß, war der volle Büschel schockroter Haare, der über ihrer Stirn stand, bevor er zur Seite fiel und ihr Gesicht umrahmte.

Als einzige ausgebildete Detective in drei Bezirken war Darian so gut wie jeder andere, den er je gekannt hatte. Niemand würde ihn jemals dazu bringen, zuzugeben, dass er froh war, dass sie gekommen war, aber er war sehr froh. Sie sah und bemerkte Dinge, die nicht zur Lösung des Problems zu gehören schienen, aber irgendwie doch immer dazu gehörten. Das und ihre Instinkte lagen fast immer goldrichtig. Die Tatsache, dass sie sich mit Dingen wie Computern und Technologie auskannte, brachte sie den meisten seiner Kollegen in diesem Bereich einen Schritt voraus. Angesichts dessen, was er auf dem Culleroy-Anwesen gefunden hatte, brauchte er sie. Er war noch nicht ganz bereit, ihr das sagen.

„Ja, das habe ich. Denk nicht, dass ich dir näherkommen will oder so. Wir gehen hier nicht miteinander aus. Ich habe etwas am Laufen, das deine Fähigkeiten erfordert", sagte er über den Schreibtisch hinweg zu ihr.

„Meine Fähigkeiten?! Hast du nicht gesagt, ich hätte keine?", forderte sie ihn heraus und verschränkte die Arme vor der Brust.

„Nein. Das war ich nicht." Dublin wedelte mit der Hand hin und her. „Das muss Mulrooney drüben in Walworth gewesen sein. Das klingt wie etwas, das er sagen würde", sagte Dublin leicht schmunzelnd.

Darian tippte sich an die Schläfe. „Nein. Das warst du. Es ist hier im Tresor. Ich werde es nie vergessen. Du willst meine Fähigkeiten? Du weißt, wie du sie dir verdienen kannst."

„Sei doch nicht so", sagte Dublin kleinlaut. „Kannst du es nicht einfach tun, weil es getan werden muss?"

Bevor sie antworten konnte, hörte Dublin die Hintertür zuschlagen und die schweren Schritte von Bud, der den Flur hinaufkam.

„Hey Dub, wusstest du, dass ein Wagen aus Stewart County...", er brach ab, als er die Tür erreichte. „Oh hey, Darian. Was machst du denn hier?"

Darian sah von Bud zu Dublin, als sie sich setzte. „Du hast deinem Team nicht gesagt, dass du mich angerufen hast?"

Dublin schloss seine Augen, damit er sie kräftig rollen konnte, ohne dass es Auswirkungen hatte. „Nein. Noch nicht. Ich schätze, die Katze ist jetzt aus dem Sack."

Darian schnaubte. Sie stützte sich mit dem Ellbogen auf die Stuhllehne und verlagerte ihr Gewicht, als sie sich Bud zuwandte.

„Weil euer Junge, Dub...", sie betonte den verkürzten Namen, „mich gebeten hat zu kommen. Er wollte mir gerade sagen, was es ist, dass seine Nüsse so fest im Griff hat, dass er meine Hilfe braucht. Warum nimmst du dir nicht einen Stuhl, damit er es uns beiden sagen kann?", beendete sie mit einem herausfordernden Seitenblick auf Dublin.

„Nein, ich bleibe lieber hier an der Tür. Aber ich werde zuhören", fügte Bud hinzu und lehnte sich gegen den Pfosten.

Dublin hatte es schon vorher leid getan, als er Tiffany gesagt hatte, sie solle Darian anrufen. Jetzt tat es ihm leid und er war sauer.

„Erstens: Niemand hat meine Nüsse in der Hand", schnaubte er. „Zweitens", er klatschte mit der Hand auf den Schreibtisch, „haben wir da draußen einen Stapel Computer, der so hoch ist wie das Garagentor. Wenn wir Glück haben, kann uns einer von ihnen mehr über die Leiche im Leichenschauhaus sagen. Oder vielleicht, warum sie dort ist. Ich kenne mich nicht mit Computern aus. Bud ist großartig bei Fingerabdrücken und Partikeln, aber Technologie ist auch nicht sein Ding. Ich würde diesen Fall gerne abschließen, bevor eine weitere Leiche auftaucht. Hört sich das nach etwas an, bei dem du mithelfen könntest?", forderte er Darian verbal heraus und unterstrich seine Worte mit einem harten Blick.

Darian horchte auf. „Eine weitere? Leiche? Wie viele hast du denn?"

Dublin sah Bud an, der mit den Schultern zuckte, bevor er Darian ansah, um zu antworten.

„Zwei. Cal sagt, die zweite ist für die erste verantwortlich. Das ist eine wirklich nette kleine Schleife auf dem Paket, aber es sagt uns nichts darüber, wer sie sind, oder warum der zweite da ist."

Darian schaffte es, ihren Mund zu halten, aber Dublin merkte, dass es ein Kraftakt war.

„Mach nur", forderte er sie winkend auf. „Ich weiß, du hast Fragen. Schieß los."

„Zwei Leichen?"

„Ja."

„Und der zweite Tote hat den ersten getötet?"

„Ja."

„Seid ihr sicher?"

„Cal ist es", erwiderte Dublin und änderte damit die Richtung des Gesprächs von Inquisition und Ein-Wort-Antworten, um das Tempo des Austauschs zu verlangsamen.

„Auf welcher Grundlage?"

„Mehrere Faktoren", begann Dublin. „Strangulationsspuren. Epithelzellen. Späte postmortale Blutergüsse, die zu den Händen von Opfer Nummer zwei passen." Er hielt seine eigenen Hände zur Betonung hoch.

Darian nickte. „Klingt zu ordentlich und aufgeräumt."

Dublin bemerkte, dass sie sich in ihrem Stuhl verschoben hatte und sich nach vorne lehnte, ein sicheres Zeichen dafür, dass er sie an Bord hatte, oder zumindest fast. „Nächster?"

„Leiche Nummer zwei?"

„Andere Vorgehensweise. Gleiches Ergebnis, andere Ursache. Und der Besitzer des oben erwähnten Stapels von Computern. Ein kranker Mistkerl, wenn du mich fragst, basierend auf dem, was in seinem Haus gefunden wurde."

Darians Augenbrauen schossen in die Höhe. „Ist es das mit dem grellen Tatortband an der alten 43?"

„Das ist es."

„Es ist abgelegen", sagte sie in einem seltsamen Ton.

Dublin nickte. „Nach dem, was wir gefunden haben, aus gutem Grund. St. Louis hat das schlimmste davon."

Darian pfiff. „Du hast mich angerufen... Und, St. Louis? Eric, was zum Teufel ist hier los?", beendete sie ihren Satz leiser.

Es ärgerte ihn, dass sie seinen Vornamen benutzte. Er ließ es auf sich beruhen. „Das ist es, was wir herausfinden müssen. Und zwar schnell."

Darian nickte und stand auf. „Bring mich zu den Computern, und einen Kaffee, wenn es dir nichts ausmacht. Ich fange gleich an."

WOGENDE UFER

Der Garagenplatz der Wache wurde zu Darians provisorischem Büro umfunktioniert. Klapptische wurden in U-Form aufgestellt, damit alle Computer von einem zentralen Platz aus zugänglich waren. Sie waren gerade dabei, Verlängerungskabel und Steckdosenleisten zu befestigen, als Gunner hereinkam.

„Erschießt nicht den Boten... Nun, hallo", wechselte er das Thema, als er Darian bemerkte.

Dublin stöhnte auf. „Wie lautet die Nachricht?", fragte er trocken und wischte sich beim Aufstehen die Hände an den Knien ab.

Gunner zögerte. „Sind Sie sicher, dass ich das vor einer Dame sagen sollte?"

Darian stieß ein schallendes Gelächter aus, als sie sich umdrehte und auf ihren Ausweis deutete. „Ich bin mir ziemlich sicher, dass es in Ordnung ist, Junge."

„Junge!?!" Gunner keuchte. „Sie können doch nicht..."

„Spuck es einfach aus", warf Dublin ein.

„Tut mir leid, Boss." Gunner zuckte mit den Schultern. „Wir haben noch eins."

„Willst du mich verarschen?!" schrie Dublin. „Es ist mitten am Nachmittag. Wie kannst du jetzt ein neues haben?"

Gunner scharrte mit den Füßen. „Nun, sehen Sie... es... es hat geregnet."

„Heute nicht", rief Dublin.

Gunners Kleidung fühlte sich auf einmal zu klein an. Er zog an seinem Kragen und an der Knopfleiste seines Hemdes und versuchte, Luft zu bekommen, damit er antworten konnte. „Nein. Heute nicht. Aber es hat geregnet. Und wenn es regnet, steigt der Pegel des Teichs. Und..."

Dublin schloss seine Augen und atmete aus. „Du sagst, sie ist im Wasser", stellte er mehr fest, als dass er fragte.

„Ja, Sir."

„Fabelhaft."

„Gehen wir", brachte Darian es auf den Punkt.

„Nein. Du bleibst", befahl Dublin und stand auf. „Je eher du dich an die Arbeit machst, desto eher ist hoffentlich Schluss mit diesem Mist. Wenn wir es vermeiden können, möchte ich nicht den Staat einschalten müssen."

„Partymuffel", antwortete Darian mit einem Schmollmund und ließ sich in den Stuhl zurückfallen, um die Systeme wieder hochzufahren.

„Bud", begann Dublin, als er sich umdrehte, „ruf Hannity an und sag ihm, dass er mich draußen treffen soll. Dann ruf Cal an."

„Schon dabei."

Er richtete seinen Blick wieder auf Gunner. „Lass uns gehen."

EJ wartete am Teich, nicht weit von der Stelle, an der sie den Jungen vor einer gefühlten Ewigkeit gefunden hatten. Ein kleines Ruderboot war an einem Pflock am Ufer festgemacht, und er trug bereits den Plastikoverall, den sie für unschöne Exhumierungen verwendeten. „Der hier sieht nicht besonders gut aus", rief er, als Dublin sich mit Gunner näherte.

„Im Wasser?" Dublin antwortete auf halbem Weg: „Ich wette, nicht."

Noch bevor sie die Hälfte der Strecke zu EJ zurückgelegt hatten, rief eine Stimme aus der Nähe des Wagens, was Dublin sofort nervös machte.

"Oh Sheriff... Sheriff? Sheriff Dublin... Einen Moment bitte?"

Dublin stöhnte auf, als er sich auf dem Absatz drehte, um sie anzusehen. „Vivika, jetzt ist kein guter Zeitpunkt."

„Das sehe ich", antwortete sie gut gelaunt und verringerte schnell den Abstand zwischen ihnen. „Aber da Sie keine Zeit haben, im Speziellen keine Zeit für mich, muss das genügen. Was können Sie uns sagen? Stimmt es, dass es eine weitere Leiche gibt? Haben Sie den Jungen identifiziert? Warum ist ein Grundstück an der alten 43 mit Klebeband abgesperrt? Es gibt mehr Fragen als Antworten. Nicht, dass Sie bisher irgendwelche Antworten gegeben hätten. Sie sollten eine Erklärung abgeben, bevor die Stadt ihre eigenen Schlüsse zieht", sagte sie bestimmt.

Dublin schob ihre Hand mit dem kleinen Aufnahmegerät aus seinem Gesicht. „Ich gebe keinen Kommentar ab. Es handelt sich um eine laufende Ermittlung. Sagen Sie das der Stadt, anstatt dieses aufrührerische Getue, das Sie verbreiten. Sobald es etwas zu erzählen gibt, das wert ist, erzählt zu werden, werden wir es tun. Wenn es Ihnen nichts ausmacht...", er wies ihr mit einer Hand den Weg zurück zu ihrem Auto, „Es ist kein guter Zeitpunkt."

Er war überrascht, als sie den Wink befolgte, aber nicht überrascht, als sie sich nur auf die Straße zurückzog. Er konnte sehen, wie sie sich Notizen machte, während sie sich ein Handy ans Ohr hielt. Sie mussten schnell arbeiten. Er wusste ohne Zweifel, dass sie noch mehr Gesellschaft bekommen würden, und zwar bald.

„Wie schnell könnt ihr ein Zelt aufbauen?" fragte er Gunner, als sie sich wieder EJ näherten.

Gunner schaute zwischen der Straße und dem Teich hin und her. „Nicht schnell genug. Und nicht groß genug, um die Szene abzudecken."

Dublin holte sein Handy heraus und drückte die Kurzwahltaste für das Hauptquartier. Als die Verbindung hergestellt war, ließ er Tiffany keine Gelegenheit, ihre Begrüßung zu beenden. „Schick Bud hierher. Sag ihm, dass wir kilometerlanges Klebeband am Tatort brauchen, wenn wir die Leute zurückhalten wollen. Sag ihm, er soll sich beeilen, ich starte die Uhr."

Ein paar Schritte von EJ entfernt, senkte Dublin seine Stimme. „Hör zu, wir müssen diesen Bereich sichern, bevor wir etwas anderes tun. Die Leiche ist im Wasser, wir werden sowieso eine Sauerei haben. Gunner, ich möchte, dass du ein Zelt mitbringst, zwei, wenn ihr welche habt. Stellt sie nebeneinander auf, hier...", er zeigte auf das Stück Land, über das sie gerade gekommen waren.

„Sobald Bud eintrifft, soll er mindestens zweihundert Meter nördlich und südlich der Zelte und dann bis zum Flussbett an beiden Enden jenseits des Teiches Absperrband ziehen. Das Beste, was wir jetzt tun können, ist, jeden, der kommt, dazu zu zwingen, ein Fernglas oder ein Objektiv mit großer Reichweite zu benutzen, um etwas zu sehen. Na los."

EJs Augenbrauen waren hochgezogen und hoben sich noch mehr, als Dublin die Anweisungen gab. „Glauben Sie wirklich, dass das ausreicht?", fragte er skeptisch.

„Nein. Nicht mal annähernd. Aber es ist das Beste, was wir tun können. Sobald das Gebiet abgesteckt ist, könnt ihr die Leiche bergen."

Dreißig lange, quälende Minuten später waren die Zelte aufgebaut, das Absperrband gespannt, und die Menge wuchs. In einer kleinen Stadt sprach sich das schnell herum.

„Du bist dran", sagte er in Richtung des Teiches und wandte sich an EJ. „Alles, was du tun kannst, um die Sichtbarkeit der Leiche zu vermindern, würde ich zu schätzen wissen."

EJ grinste und holte eine aufblasbare Luftmatratze aus seiner Tasche. „Bin schon dabei."

Dublins Verwirrung war offensichtlich. „Wofür ist das?"

„Nun..." begann EJ und nickte vor sich hin, als er seine Absichten erläuterte. „Ich denke, wenn ich das hier unter die Leiche bekomme, sie abdecke und an der Seite des Ruderbootes entlang ziehe, wobei ich das Ruderboot vor der Luftmatratze zur Seite der Menge hin halte, wird niemand viel sehen, bis ich am Ufer bin."

„Glaubst du, dass du das alles alleine schaffen kannst?" fragte Dublin, nicht bereit zu hoffen, dass es funktionieren könnte.

„Nicht einmal ein bisschen." EJ schüttelte verneinend den Kopf. Er sah an Dublin vorbei und lächelte wieder. „Entweder Sie, Gunner, oder Cal werden mir helfen müssen. Ich habe noch einen Schneeanzug im Boot."

Dublins Schultern sackten zusammen. Er wusste, dass er nicht derjenige sein wollte, der es tat. Gunner war sicherlich fähig, aber Cal war vielleicht die bessere Wahl. Je nachdem, wie lange die Leiche im Wasser gelegen hatte, konnte der Zustand des Leichnams bereits beeinträchtigt sein. Er drehte sich um, um EJs Blick zu folgen, und zog den Kopf zurück, um Cal ein Zeichen zu geben, zu ihm zu kommen. „Ich fürchte, du wirst diesmal nass", begann er.

„Um eine Leiche zu bergen?" fragte Cal und klang dabei ungläubig.

„EJ hier hat eine Idee, wie man die Sichtbarkeit gering-halten kann. Es braucht zwei Leute."

Cal gluckste. „Oh, ich verstehe. Du hast mich also frei-
willig gemeldet."

Dublin zuckte mit den Schultern. „Mir scheint, das ist
dein Gebiet. Und wir haben keine Ahnung, wie lange die
Leiche im Wasser gelegen hat. Erzähl ihm deinen Plan, EJ."

Cal hörte schweigend zu. Als EJ geendet hatte, schüt-
telte er den Kopf. „Nein. So wird das nicht ablaufen. Die
Luftmatratze ist eine gute Idee, aber wir machen es auf
meine Art. Da die Möglichkeit besteht, dass wir Teile oder
Stücke verlieren, sollten wir sie gleich zu Beginn in den
Leichensack rollen."

Dublins Augen weiteten sich. „Glaubst du, dass du das
kannst?"

„Wenn wir sie auf die Luftmatratze bringen, können wir
sie in den Sack stecken."

„Versucht es", antwortete Dublin. „Wenn wir das schaffen, ohne Taucher zu brauchen, wäre das hilfreich."

Cal schnaubte. „Erzähl mir etwas, das ich noch nicht
weiß."

LICHTER DER FREITAGNACHT

Dublin ließ sich in seinen Stuhl zurückfallen. Es hatte sich herumgesprochen, dass das Heimspiel zwischen den Howard Juggernauts und den Lynan Cougars aufgrund der wachsenden Panik abgesagt worden war. Durch die Glaswand zum vorderen Büro konnte er Vivikas Bericht sehen, zusammen mit einer Videoaufzeichnung von der vorhergehenden Bergung am Teich. Er war dankbar, dass der Ton nicht durch das Glas drang.

Darian kam herein, stellte eine Flasche und zwei Gläser auf dem Schreibtisch ab und schenkte in beide großzügig vom tiefbernsteinfarbenen Getränk ein, bevor sie ihm eines davon zuschob. Sie schnappte sich das zweite und ließ sich auf den Stuhl gegenüber dem Schreibtisch fallen. Er versuchte sie zu ignorieren indem er vorgab, dass er tatsächlich der Nachrichtensendung zuhörte, die ihm den Magen umdrehte. Sie ließ sich nicht täuschen.

„Es ist nach sechs. Ich bezweifle, dass dir jemand einen Vorwurf machen würde, nach der Woche, die du hinter dir hast. Hoch die Tassen", sie nickte mit dem Kopf auf das Glas vor ihm, während sie sprach.

Dublin strich sich über den Schatten der Bartstoppeln am Kinn. Er glaubte sich zu erinnern, dass er sich an diesem Morgen rasiert hatte, obwohl es durchaus gestern gewesen sein konnte. Er lehnte sich in seinem Stuhl zurück und drehte sich zu ihr um. „Angesichts des Mangels an

Informationen könntest du dich da durchaus irren. Ich bin mir ziemlich sicher, dass mir im Moment jeder Fehler vorwirft", beklagte er sich verärgert.

„Als ob sie es besser könnten", kicherte Darian. „Sogar der Sheriff braucht mal eine kleine Auszeit."

Dublin schnaubte. „Das sollte man meinen."

„Ja, definitiv. Sogar in einer Kleinstadt wie dieser sollte der Sheriff nachts noch schlafen können."

Dublin fuhr sich mit beiden Händen durch die Haare und kratzte mit den Nägeln an seiner Kopfhaut, während er die Hände wieder zurückzog. „So funktioniert das nicht."

Darian lehnte sich vor, schenkte sich einen zweiten ein und lehnte sich wieder zurück, bevor sie sprach. Er konnte an ihrem Gesicht erkennen, dass sie amüsiert war. „Wir sind hier nicht im wilden Westen, Eric. Von dir wird nicht erwartet, dass du das allein schaffst. Sei ein bisschen nachsichtig mit dir."

Dublin warf seine Hände in die Luft und ließ sie gegen seine Oberschenkel klatschen. „Nachsichtig? Für Nachsicht ist kein Platz und keine Zeit. Ich habe drei Leichen, von der ich nur eine identifizieren kann. Und die anderen beiden? Hoffentlich kann Cal bei der von heute helfen. Aber das Kind? Ich weiß noch nicht, wer er ist, genauso wenig wie zu dem Zeitpunkt, als wir ihn fanden. Wo sind seine Eltern? Warum suchen sie ihn nicht? Vivika hat es sich zur Aufgabe gemacht, dafür zu sorgen, dass jeder von hier bis Chicago weiß, dass wir ein unidentifiziertes Kind haben. Und trotzdem: nichts. Es ist genau wie im wilden Westen."

Darian schmunzelte. „Aber mein lieber Sheriff, so schlimm kann es doch nicht sein. Letztes Jahr haben wir doch diese schicken Spültoiletten an der Raststätte bekommen, um die Plumpsklos zu ersetzen. Wir haben es so weit gebracht", sagte sie mit Nachdruck.

Dublin schnaubte und schüttelte den Kopf. „Als ob Sanitäranlagen den Tag retten würden", schimpfte er und versuchte, nicht zu lachen.

Sie saßen einige lange Augenblicke schweigend da. Da er nicht als erster sprechen wollte, nahm Dublin schließlich das Glas, setzte es an seine Lippen, nahm einen Schluck und ließ sich vom Brennen ablenken. Es war Jahre her, aber die sich ausbreitende Wärme war vertraut. Als er das Glas wieder absetzte, bemerkte er abwesend etwas an seinem Schuh. Er bückte sich und zog das zerknitterte Stück Plastik aus dem Profil seiner Sohle heraus.

„Was ist das?" fragte Darian, als er es in den Papierkorb warf.

„Gunner bekommt seine ersten Zähne."

„Wie bitte?", fragte sie.

„Es ist ein Strohhalm", erwiderte Dublin. „Gunner kaut darauf herum... den ganzen Tag lang, bis er den nächsten auspackt. Ich weiß nicht, ob er versucht, mit dem Rauchen aufzuhören, oder erst gar nicht damit anzufangen. Ich habe ihn noch nie Kautabak benutzen sehen, nur Plastik. Ich glaube, der Junge hat einen Vorrat von McDonald's."

Darians verzog das Gesicht bei dieser Erklärung. „Wie hast du ihn dann in deinen Schuh bekommen?"

„Weil er ein Ferkel ist", antwortete Dublin, holte ein kleines Handdesinfektionsmittel aus seinem Schreibtisch, drückte es kräftig und rieb seine Hände heftig aneinander.

Der antiseptische Geruch des Handdesinfektionsmittels erfüllte den Raum. Dublin griff sein Glas vom Schreibtisch, nahm noch einen Schluck und atmete anschließend die Aromen ein, um seine Nase freizubekommen. Darian sah zu, schwieg aber.

Sie zuckten beide zusammen, als das Telefon klingelte und die Direktverbindung zu Cal aufleuchtete.

„Dublin", meldete er sich, während er sich den Hörer an den Kopf hielt.

Darian wartete, weil sie dachte, er würde den Lautsprecher einschalten, und war überrascht, als er es nicht tat. Sie beobachtete, wie er zu dem, was gesagt wurde, nickte. Normalerweise konnte man hören was der andere sagte, aber dieses Mal nicht. Sie würde warten müssen, bis Dublin auflegte.

„Nun...?", drängte sie, als er den Hörer auflegte.

Dublin schloss die Augen, schüttelte den Kopf, holte tief Luft, hielt sie an und atmete schwer aus. Sobald sich seine Augen wieder öffneten, fixierte er sie mit seinem Blick. „Morgen früh werden wir mehr wissen. Aber Cal ist sich fast sicher, dass es sich um Rychard Murdock handelt."

„Der Stadtrat?!" stammelte Darian.

„Der Selbige", Dublin legte seine Stirn in die Handfläche. „Das wird immer besser und besser. Gib mir die Flasche. Eine wird heute nicht reichen."

STAUNÄSSE

Die lange Woche wurde am Samstagmorgen noch länger, als Dublin das Leichenschauhaus erreichte. Cal stand vor dem Autopsieraum mit einer frischen Dose Nasenpaste und einem Ganzkörperschutzanzug. „Du willst mich wohl verarschen", jammerte Dublin und unterdrückte weiteres Schreien, als er spürte, wie seine eigenen Augen von dem Geräusch zusammenzuckten.

„Nein. Das ist kein Scherz. Ich habe es geschafft, den Druck niedrig zu halten, damit nicht der ganze Körper aufplatzt, aber viele der Hautblasen entwickeln sich zu schnell, als dass ich sie alle erwischen könnte. Ich dachte mir, dass du ihn nicht tragen willst", entgegnete Cal sachlich.

Dublin zog sich an und kämpfte mit der Gesichtsmaske, bis sie richtig saß. Der dünne Gesichtsschutz aus Plastik, der am Steg der Maske befestigt war, war nicht so flexibel, wie er es sich gewünscht hätte. Es war zwar eine wirksame Barriere, aber unbequem. Als er merkte, dass er die Nasenpaste vergessen hatte, musste er von vorne anfangen. Er schmierte sich eine großzügige Menge unter die Nase und begann erneut, sich anzuziehen, wobei er diesmal daran dachte, die Maske aufzusetzen, bevor er die Kopfbedeckung darüber zog. Er kam sich lächerlich vor, aber er sagte es nicht.

„Ich weiß, was du gestern Abend gesagt hast, aber bist du absolut sicher, dass das Murdock ist?" fragte Dublin, bevor sie eintraten.

Cal nickte, stieß die Tür mit seinem Ellbogen auf und forderte Dublin auf, ihm zu folgen. „Nachdem ich die Hände getrocknet hatte, ja. Die Fingerabdrücke stimmen überein. Ich habe heute Morgen die Zahnabdrücke bekommen. Sie stimmen auch überein. Es ist definitiv Murdock."

„Verdammt", stieß Dublin hervor. „Sonst noch etwas?", fügte er mit Verspätung hinzu und starrte auf den abgedeckten Tisch.

„Ja. Und es wird dir nicht gefallen", sagte Cal und starrte Dublin an.

„Es gefällt mir jetzt schon nicht", schnaubte Dublin. „Sag es mir. Oder, sollte ich sagen, zeig es mir. Ich kann nicht glauben, dass du mich so aufgetakelt hast um mit mir auszugehen."

Es war Cal hoch anzurechnen, dass er das Laken nur da anhob, wo er etwas zeigen musste. Er hatte die Autopsie noch nicht offiziell begonnen. Dublin war überrascht, dass die Leiche noch teilweise bekleidet war. „Ich habe das angelassen, damit du es sehen kannst. Für die eine Nacht macht es wirklich keinen großen Unterschied", murmelte Cal.

Dublin schnappte nach Luft und bedauerte es sofort, als eine schreckliche Kombination in der Luft seine Geschmacksknospen traf. „Ist das...?"

„Ja, das ist er", antwortete Cal und entfernte vorsichtig das fragliche Stück, während Dublin zusah. „Ehrlich gesagt, kann ich mich nicht erinnern, jemals zuvor einen solchen Gürtel gesehen zu haben. Dass ich denselben aber an zwei verschiedenen Opfern sehe, kann kein Zufall sein."

Dublin beobachtete, wie Cal den Lederriemen zu dem Abdruck brachte, den er Tage zuvor von den Strangulationsspuren des Jungen gemacht hatte. Vermutlich hatte Cal ihn genau aus diesem Grund herausgenommen. Er brauchte Cal nicht zu sagen, dass auch dieser übereinstimmte. „Wir sind also wieder am Anfang", sprach er die harte Wahrheit aus, derer sich beide bewusst waren.

„Es scheint so", antwortete Cal, als er sich umdrehte. „Aber die epitheliale Übereinstimmung mit dem ersten macht dies zu einem möglichen Mittäter, und nicht zu einem Opfer."

„Nun, das sind keine guten Neuigkeiten. Hast du zufällig welche, die es sein könnten?" fragte Dublin, überzeugt, dass er die Antwort nicht hören wollte, aber er wusste, dass er fragen musste.

„Die habe ich tatsächlich", antwortete Cal und hielt einen Finger hoch. „Rychard ist nicht ertrunken", sagte er triumphierend.

„Ist er nicht?" erwiderte Dublin erstaunt. „Warum dann der Teich?"

Cal schüttelte den Kopf. „Das kann ich noch nicht beantworten. Es ist kein Wasser in der Lunge. Ich habe zuerst versucht, sie zu entleeren, zum einen, um das Ertrinken zu bestätigen, zum anderen aber auch, um den Druck in der Brusthöhle zu verringern, bevor ich mit der Party begann. Sie sind trocken. Staubtrocken, um genau zu sein. Ob sich in der Nase oder in der Lufröhre Erde befand, kann ich nicht sagen, sie waren voll mit Wasser. Aber in der Lunge befand sich ein ordentlicher kleiner Schmutzklumpen. Er ist erstickt", verkündete Cal und klang dabei siegessicher.

Dublins Kinnlade klappte herunter, aber dieses Mal dachte er daran, nicht einzuatmen. „Noch ein Erstickungstod?"

„Das wäre im Moment meine Diagnose."

„Wie hoch sind die Chancen?" fragte Dublin, ohne wirklich zu fragen, sondern nur laut sprechend.

„Diese Woche?" Cal gluckste.

Dublin starrte auf den Leichnam unter dem Laken. Er dachte an die Reihe von Schubladen, die hinter den quadratischen Edelstahltüren in der Wand vor seinem Blick lagen, dann sah er wieder auf den Haufen unter dem Laken. Seine Gedanken drehten sich in Windeseile und er hatte Mühe mitzuhalten. Er schüttelte den Kopf, um ihn freizubekommen und nahm seine Gedanken erst mitten in der Drehung wieder auf.

Er zögerte die nächste Frage zu stellen, aber ihm war klar, dass sie gestellt werden musste. „Glaubst du, wir haben einen Serienmörder?", fragte er leise, bereit, Cal zu widersprechen.

„Nun..." begann Cal, den Kopf zur Seite geneigt. „Ich würde sagen, wir haben definitiv etwas. Aber was es ist? Keine Ahnung."

„Aber es ist möglich."

Cal nickte düster. „Zu diesem Zeitpunkt? Ich würde sagen, alles ist möglich."

GESCHICHTENERZÄHLER

Zurück auf der Wache schaffte es Dublin bis zum Gehsteig, aber nicht viel weiter. Trotz aller Vorsichtsmaßnahmen war die Identität des letzten Opfers offensichtlich bekannt, oder es wurde zumindest darüber spekuliert. Die Menge stand dicht gedrängt zwischen ihm und der Tür. Vivika stand auf dem Gehsteig und beobachtete ihn aufmerksam, bereit, ihm den Weg abzuschneiden, egal, welchen Weg er um den Wagen herum gehen wollte.

Bei dem Versuch, ihr auszuweichen, stieß er direkt mit ihrer Kollegin zusammen, wie er später feststellte. Diesmal war es kein Handrekorder, der ihm ins Gesicht gehalten wurde, sondern ein vollwertiges Mikrofon mit der deutlichen Aufschrift *Channel 7 News - St. Louis*.

„Sheriff Dublin, Sarah Suzette, Gannett News, was können Sie uns über den Tod von Rychard Murdock sagen?"

Dublin biss sich auf die Zunge, um sich ein lautes Stöhnen zu verkneifen. „Willkommen in Howard, Miss Suzette. Ich habe nichts zu den laufenden Ermittlungen zu sagen", schaffte er es zu antworten, ohne zu schnappen oder durch die Zähne zu zischen. Da er die Angelegenheit als abgeschlossen betrachtete, drehte er sich leicht um und schlug eine andere Richtung ein, um die Eingangstür zu erreichen.

„Aber können Sie bestätigen, dass es sich um Stadtrat Murdock handelt?", beharrte sie und legte ihren Arm um seine Schulter, um ihm das Mikrofon vor den Mund zu halten.

Dublin hielt an. Er drehte sich um und holte tief Luft, bevor er die Drehung beendet hatte: „Nochmals, ich habe keine Kommentare zu den laufenden Ermittlungen, Miss Suzette."

„Aber...", begann sie wieder.

Dublin wandte sich dem Gebäude zu, hob seinen Arm und winkte über seine Schulter zurück. „Vielen Dank. Genießen Sie Ihren Aufenthalt", sagte er, während er sich seinen Weg durch die Menge bahnte.

Die letzte Person vor der Tür war der Bürgermeister, der sie aufzog, ihn passieren ließ, ihm hinein folgte und die Tür hinter ihnen mit einem strengen Blick durch das Glas schloss, der *Betreten verboten* sagte.

„Nette Abwehr, Eric. Ich würde vorschlagen, dass Sie diese Taktik nicht bei mir anwenden. Wo können wir reden?", verlangte der Bürgermeister in einem Ton, der keinen Widerspruch duldete.

Dublin gestikulierte in Richtung seines Büros. „Hier entlang."

„Haben Sie nichts Privateres als das hier? Jeder kann uns durch das Glas sehen", beklagte sich der Bürgermeister.

Dublin warf ihm seinen besten *Das ist mir egal*-Blick zu. „Wir können runter zu den Gefängniszellen gehen, wenn Ihnen das lieber ist."

„Seien Sie nicht so schnippisch, Eric. Ich brauche Antworten. Die Medien? Ich verstehe, dass Sie sie auf Distanz halten wollen, aber bei mir werden Sie das nicht tun. Wenn das Murdock ist, muss ich es wissen."

Dublin war mit seinem Tonfall nicht einverstanden und drehte sich zu ihm um, um ihn anzustarren. „Wollen Sie damit andeuten, Herr Bürgermeister, dass ich Ihnen erlauben sollte, eine laufende Ermittlung zu behindern?"

Der Bürgermeister wechselte den Rot-Ton seines Gesichts achtmal, bevor Dublin das Wort *behindern* aussprechen konnte. „Das ist nicht das, was es ist! Sie wissen das. Das ist eine Katastrophe. Wir haben es mit einem Serienmörder zu tun."

Dublin schüttelte den Kopf und versuchte, sich zu beruhigen, bevor er antwortete: „Nein, das wissen wir noch nicht. Die Fakten unterstützen das nicht. Wir haben mehrere Tötungsdelikte unter verdächtigen Umständen. Soweit wir das beurteilen können, stehen sie in einem Zusammenhang, aber was das für ein Zusammenhang ist, bleibt unklar."

Der Bürgermeister war offensichtlich entsetzt. „Sie können unmöglich andeuten, dass Rychard Murdock irgendwie mit dem Tod dieses Jungen zu tun hat!"

„Nein, Sir. Ich deute es nicht an. Ich sage es!" schnappte Dublin zurück. „Und es ist das Letzte, was ich sage. Dies ist eine laufende Ermittlung. Ja, es ist Stadtrat Murdock. Alles andere wird warten müssen, bis wir wissen, womit wir es zu tun haben. Wollen Sie fürs Erste helfen? Halten Sie die Leute ruhig. Ein Aufstand wird nichts bringen. Geben Sie uns Zeit und Raum, unsere Arbeit zu tun, und wir werden das Problem lösen. Dieser Teil hier?", er wedelte mit einer Hand zwischen ihnen, „Das ist nicht hilfreich."

Dublin konnte an den wechselnden Gesichtsausdrücken erkennen, dass der Bürgermeister über die Zurechtweisung nicht erfreut war. Klugerweise verkniff er sich mehrere Kommentare, während Dublin sprach. Diese und noch einige andere, die Dublin zwar klar als solche erkannte, die aber nicht ausgesprochen wurden. Als der Bürgermeister schließlich antwortete, tat er dies mit der Diplomatie eines Politikers: „Ich weiß nicht, ob einer von uns diese Macht noch hat. Die Sache ist zu schnell eskaliert. Wir werden unser Bestes tun. Ich vertraue darauf, dass Sie dasselbe tun werden."

Dublin schmunzelte. Hinter dem Bürgermeister, durch die Glasscheibe, sah er Darian eintreten. Ihr Augenrollen und ihre Körpersprache verkündeten lautstark, dass sie für die Menge oder den Politiker genauso wenig übrig hatte wie er. Es war amüsant zu denken, dass sie außer Scotch noch etwas anderes gemeinsam hatten. Er konzentrierte sich wieder auf den Mann vor ihm und tat sein Bestes, um dessen ruhiges Auftreten nachzuahmen.

„Wir arbeiten so schnell wir können. Das Auftauchen weiterer Leichen hat uns von dem ersten Opfer abgelenkt, aber nur vorübergehend. Stadtrat Murdock wird unsere volle Aufmerksamkeit bekommen, genauso wie die anderen auch. Ich habe ein Team aus St. Louis mit der Spurensicherung beauftragt und habe auch Verstärkung aus Stewart angefordert. Jeder verfügbare Beamte, sowohl vor Ort als auch in der Stadt, arbeitet an diesem Fall."

„Halten Sie mich auf dem Laufenden, Eric. Diese Sache ist ein wildes Feuer, das darauf wartet, zu einem Inferno zu werden. Ich für meinen Teil habe nicht vor, mich verbrennen zu lassen", schloss der Bürgermeister, bevor er sich auf dem Absatz umdrehte und das Gebäude verließ.

In der Gewissheit, dass jemand jenseits der Türen seine Lippen lesen konnte, wandte sich Dublin von der Glasscheibe ab, um seinen letzten Kommentar abzugeben. „Es war auch schön, Sie zu sehen, Tom. Kommen Sie wieder, wenn Sie etwas länger bleiben können."

LICHT. KAMERA. ACTION.

Darian hatte nicht bemerkt, dass sie eingenickt war, bis zu dem Moment als ihr Kopf durch das plötzliche Abrutschen ihrer Hand hochzuckte. Sie blinzelte einige Male und schaute sich um, um zu sehen, ob jemand sie beobachtet hatte. Eric Dublin, professionell wie er war, würde ihr die Leviten lesen, wenn er wüsste, dass sie eingeschlafen war.

Sie hatte die Computer stundenlang durchforstet. Marco Culleroy oder wer auch immer seine Systeme eingerichtet hatte, hatte mehrere Verschlüsselungsebenen übereinander gelegt. Kaum hatte sie eine durchbrochen, stieß sie auf die Firewall einer anderen, die wiederum alles absperrte. Sie war jedoch nicht bereit, die weiße Fahne zu hissen. Es bestand eine gute Chance, dass dies ihre Fähigkeiten überstieg, aber falls dies nicht der Fall war, war sie fest entschlossen, den Durchbruch zu schaffen.

Sie hatte schon früher mit dem Gedanken gespielt, eines der E-Mail-Konten zu spammen, um eine Hintertür zu finden, aber sie hatte weder den Benutzernamen noch den verwendeten Proxy-Server herausgefunden. Offizielle Anfragen waren an die primären Datenbanken geschickt worden, aber es war noch nichts zurückgekommen. Sie rannte mit dem Kopf gegen die Wand und hoffte, dass ein Ave-Maria erfolgreich wäre. Bislang scheiterte jeder Versuch.

Von der Garage aus konnte sie nichts sehen, aber nach ihrer Uhr zu urteilen, war sie sicher, dass die Sonne bereits untergegangen war. Sie wollte gerade die Systeme für die Nacht herunterfahren, als der Monitor ganz rechts aufblinkte und ein aktives Kamerabild zeigte. Dublin hatte keine Überwachungsausrüstung erwähnt, und obwohl sie nicht dort gewesen war, war sie bereit zu wetten, dass es von Culleroys Haus kam.

Sie war kurz verwirrt, als ihr klar wurde, dass sie noch kein Schattensystem eingerichtet hatte, um aufzuzeichnen, was hereinkam. Da sie keine andere Wahl hatte, schnappte sie sich ihr Handy vom Tisch, klickte auf die Kamera und schob den Schalter auf Video. Das war die einzige Möglichkeit, die sie hatte, während sie sich lautstark dafür tadelte, dass sie vor dem Feierabend kein Schattensystem auf allen Geräten eingerichtet hatte.

Während sie beobachtete und aufnahm, trat die schemenhafte Gestalt einer Frau in das Bild, die sie nicht erkannte. Da sie den Grundriss nicht kannte, konnte Darian nicht feststellen, wo auf dem Gelände sich die Frau befand. Das Bild war körnig und unscharf. Wohlweislich machte die Person kein Licht an, aber die Silhouette war eindeutig weiblich.

Die Sicht wurde verdeckt, als die Frau eine Tür öffnete und hindurchging. Der Kamerawinkel veränderte sich nicht. Leider gab es auch keinen Ton.

Als die Frau einen kurzen Moment später wieder auftauchte, schien sie so zu sein, wie sie war, bevor sie durch die Tür gegangen war. Offensichtlich war das, wonach sie suchte, nicht da. Oder, was auch immer es war, war äußerst klein. Was andere Fragen aufwarf. Die Härchen in ihrem Nacken stellten sich auf.

Wonach suchte sie? War es etwas, das bereits weg war, oder etwas, das sie bei der Räumung des Hauses gefunden hatten? Sie würde Eric fragen müssen, wenn er zurückkam. Er und Bud waren vorhin zu Murdocks Haus gegangen, aber offensichtlich noch nicht zurückgekehrt.

Da sie nicht gleichzeitig aufnehmen und anrufen konnte, war sie außerstande, über das hinaus zu handeln, was sie bereits tat. Sie wollte verzweifelt Dublin anrufen und ihn losschicken, um die Sache zu überprüfen, bevor die Frau gehen konnte. Aber das war keine Option. In der Garage gab es kein Telefon, und niemand konnte sie hören, falls noch jemand hier war. Außerdem würde es aufgezeichnet werden, wenn sie in Richtung der Büros rufen würde.

Zumindest gab es jetzt mehrere andere Wege, die sie einschlagen konnte. Sie zählte sie in ihrem Kopf auf. Erstens: Wer war die Frau? Zweitens: Wo im Haus befanden sie sich, und wonach suchte sie? Drittens: Hatte sie irgendwie mit einem der Todesfälle zu tun?

So abrupt, wie sich das System eingeschaltet hatte, schaltete es sich auch wieder aus. Darian speicherte hastig das Video, das sie aufgenommen hatte, und schickte es per E-Mail an sich selbst. Dann tippte sie auf die Ziffern auf dem Touchscreen, um Dublin anzurufen. Beim ersten Versuch ging die Mailbox an. Beim zweiten ging die Mailbox an, nachdem das erste Klingeln kaum verhallt war.

Beim dritten Anruf meldete er sich, sichtlich verärgert. „Dublin! Was?!"

„Schnauz mich nicht an. Es ist wichtig. Jemand war gerade auf dem Culleroy-Anwesen."

„Was?!", fragte er.

„Ich erkläre dir später mehr. Du musst da rausfahren. Jetzt!", beharrte sie.

„Wir sind auf der anderen Seite der Stadt", erwiderte er.

„Dann schlage ich vor, dass ihr Blaulicht und Sirenen benutzt", schnauzte sie zurück. „Es gibt eine Videoüberwachung. Ich habe gerade gesehen, wie jemand den sichtbaren Bereich verlassen hat. Vielleicht ist sie noch da, aber wenn nicht, kann sie nicht weit gekommen sein, ohne Verdacht zu erregen. Es ist einen Versuch wert."

„Männlich oder weiblich?" verlangte Dublin, dem man offensichtlich anhörte, dass er bereits rannte.

„Weiblich. Dem Türrahmen nach zu urteilen fünf-vier oder fünf-fünf Fuß groß", erwiderte sie und versuchte, ruhig zu bleiben.

„Bist du sicher?" fragte Dublin laut über das Geräusch der anspringenden Sirene hinweg.

„Es kam über seinen Computer. Es muss so sein."

„Du sagtest, sie sei gerade erst gegangen? Warum hast du nicht früher angerufen?", fragte er irritiert.

„Weil ich die Bilder auf dem Bildschirm mit meinem Handy aufgenommen habe."

„Guter Gedanke. Bleib dran", sagte er und seine Stimme beruhigte sich.

„Es ist alles erledigt, bis auf die Festnahme, oder die Identifizierung später. Die Übertragung wurde genauso schnell beendet, wie sie gestartet hatte. Ich bin hier in einer Sackgasse."

„Verstanden. Wir werden es herausfinden."

„Ruf mich zurück, wenn du da bist. Es gibt noch etwas, das du überprüfen musst."

„Zehn-vier."

TASCHE

Darian drückte auf das Lautsprechersymbol ihres Handys, bevor das erste Klingeln endete. „Sprich mit mir", rief sie.

„Wir sind da", antwortete Dublin, ohne aufgeregt zu klingen.

„Irgendetwas?" fragte Darian hoffnungsvoll.

„Nein, nichts", sagte Dublin. „Jedenfalls nichts, was wir feststellen könnten. Wir können bei Tagesanbruch noch einmal nachsehen, aber es sieht genauso aus wie beim letzten Mal, als wir hier draußen waren, nur dass es viel mehr Fußabdrücke gibt."

„Gibt es welche, die nicht wie Dienstschuhe aussehen?"

„Bud... geh mal um die Ecke und such nach Fußabdrücken", wies Dublin an, bevor er wieder ans Telefon ging. „Ich gehe rein. Sag mir, was du gesehen hast."

Darian hatte noch keine Gelegenheit gehabt, das Video aus ihrer E-Mail hochzuladen, um es sich anzusehen, während sie sprach. „Leider war es dunkel. Ich kenne den Grundriss nicht, aber es war ein kleiner Raum. Gibt es eine Türe oder vielleicht einen Schrank?", fragte sie, während sie versuchte, sich zu erinnern, was sie gesehen hatte.

„Ich konnte durch die Türe nicht in den Raum hineinsehen, aber ich hatte den Eindruck, dass es nirgendwo hinführte, auch nicht sehr weit."

„Was soll das heißen?" fragte Dublin und klang verärgert.

Darian holte tief Luft und versuchte, ihre Stimme zu beruhigen, bevor sie antwortete, damit Dublin nicht hörte, dass sie zögerte. „Ich weiß es nicht. Sie ging durch die Türe, aber sie war nicht sehr lange außer Sichtweite, bevor sie zurückkam. Es war, als würde sie etwas überprüfen oder nach etwas suchen. Als sie wieder auftauchte, habe ich nichts anderes bemerkt, aber sie ist definitiv aus dem Bild verschwunden."

„Beobachte den Monitor. Ich werde einen Rundgang machen. Sag mir, wenn ich auf dem Bildschirm erscheine", sagte Dublin und hoffte, dass das, was das Relais ausgelöst hatte, es wieder tun würde.

Darian beobachtete den Monitor und hatte fast Angst zu atmen. Sie konnte Dublins Schritte durch das Telefon hören. Mit jedem Schritt wuchs ihre Anspannung. Lange Momente vergingen, bevor der Monitor endlich zum Leben erwachte. „Da! Bleib genau da stehen. Du bist auf meinem Monitor. Wo bist du?", rief sie.

„Was siehst du?" fragte Dublin, bevor er ihre Frage beantwortete.

Darian schnaubte. „Wenn du nicht willst, dass ich deinen Arsch beschreibe, dreh dich um und schau nach oben", wies sie ihn an.

Durch das Telefon hörte sie, wie er mit den Zähnen knirschte, während sie beobachtete, wie er sich auf dem Bildschirm umdrehte. Sein Gesicht sprach Bände. „Ich bin in dem Bereich, in dem die Computer standen", verkündete er, streckte die Hand aus und schaltete das Licht ein.

„So ist es besser", antwortete sie. „Hinter dir in der Ecke, das ist die Tür."

„Das ist ein Kleiderschrank. Ein seltsamer Schrank, aber eben ein Schrank. Da war nichts drin."

Darian war ratlos. Wer auch immer zuvor hineingegangen war, war definitiv hindurchgegangen. Wenn er leer gewesen wäre, hätten sie das durch einen einfachen Blick erkennen können, aber das konnten sie nicht.

„Besteht die Möglichkeit, dass es ein Regal oder eine Art Paneel gibt? Es macht keinen Sinn, dass jemand in einen leeren Schrank geht, wenn er offensichtlich leer ist."

Sie konnte hören, wie Dublin an den Wänden herumschlurfte und klopfte. Sie wusste sofort, dass einer von ihnen hohl war. „Nun, ich will...", hörte sie ihn durch das Telefon sagen.

„Was willst du? Sag es mir. Ich kann dich nicht auf dem Monitor sehen", stammelte sie, auf der Kante ihres Sitzes hockend.

Dublin gluckste. Sie hörte ein Kratzen durch das Telefon und zuckte vor Aufregung zusammen, was es bedeuten könnte. Als er wieder aus dem Schrank kam, war seinem Gesicht die Enttäuschung deutlich anzusehen. „Hinten im Schrank gibt es eine Nische über einem Regal. Vielleicht war dort einmal etwas, aber jetzt ist es leer. Wir müssen sehen, ob wir etwas finden können. Soweit ich sehen kann, ist es abgewischt worden, aber vielleicht haben wir ja Glück."

„Verdammt!", zischte sie. „Ich dachte, wir wären an etwas dran."

Auf dem Monitor sah sie, wie er mit den Schultern zuckte. „Wir könnten es immer noch sein. Wir wissen eine Sache, die wir vorher nicht wussten, das ist doch schon mal etwas. Und jetzt sag mir, wo die Kamera ist. Ich sehe nichts."

„Wirklich?" erkundigte sich Darian. Ihrer Meinung nach sollte es offensichtlich sein, aber wenn er sie nicht sehen konnte, war das interessant. „Schau nach oben", wies sie ihn an.

„Ich schaue nach oben. Kannst du mich sehen?"

„Ja, ich kann dich sehen. Du siehst mich direkt an",
antwortete sie und versuchte, nicht verärgert zu klingen.
Sie beobachtete, wie seine freie Hand nach oben kam. Sie
verschwand, bevor sie das Objektiv erreicht hatte. Einen
Moment später war ihre Sicht versperrt.

„Geh zurück. Du hast sie gerade berührt", rief sie fast, als
seine Hand in die andere Richtung wanderte.

„Das?!", fragte er, als seine Hand wieder das Objektiv
bedeckte.

„Ja! Das ist es."

Als er seine Hand zurückzog, sah sie das Erstaunen in
seinem Gesicht. „Es ist winzig."

„Kannst du es entfernen? Vielleicht können wir es über
den Transmitter verfolgen."

„Ich könnte...", begann er, und sein Gesicht auf dem
Monitor zeigte, dass er nachdachte, als er innehielt. „Aber
ich denke, ich werde sie hierlassen. Mal sehen, ob noch
jemand kommt und nach etwas sucht. Wir können sie
später immer noch holen."

„Deine Entscheidung", sagte sie und verbarg ihre Enttäuschung nicht.

„Kopf hoch, Gray. Wir haben eine Menge Dinge zu
klären. Das führt nirgendwo hin. Und wenn doch, stehen
die Chancen gut, dass wir sehen werden, wer es holt."

„Gut."

„Wir werden dich updaten, wenn wir zurück sind."

„Ich werde warten", klagte sie. „Over and out."

VIDEOBAND

Darian war gerade dabei, die Schattensysteme einzurichten und eine Monitorleitung zu einer anderen CPU anzuschließen, damit sie aufzeichnen konnte, als einer von ihnen wieder ansprang, als Dublin und Bud hereinkamen.

„Wir haben dir Geschenke mitgebracht", verkündete Bud, der einen Laptop und eine weitere Desktop-CPU trug.

„Hurra", erwiderte Darian, nicht gerade enthusiastisch. „Ich werde einen weiteren Tisch brauchen. Wenn das so weitergeht, brauchen wir bald ein Lagerhaus."

„Glück gehabt?" fragte Dublin ausdruckslos.

„Nein, aber gib mir noch ein oder zwei Tage. Wenn ich es bis dahin nicht geknackt habe, schalten wir die Jungs vom Staat ein, und ich schulde dir ein Abendessen."

„Das wird nicht nötig sein."

„Okay", erwiderte sie fröhlich. „Dann kannst du mir trotzdem ein Abendessen schulden."

Dublin blinzelte. „Konzentrieren wir uns einfach auf das, weshalb wir hier sind."

„Spielverderber."

Bud meldete sich zu Wort, als er die letzten Computergeräte abstellte: „Ich werde bei Tagesanbruch zurückgehen und sehen, ob ich weitere Fußabdrücke finden kann. Es gibt definitiv eine kleinere Anzahl von Fußabdrücken, die keine Arbeitsschuhe zu sein scheinen. Allerdings sind zwischen uns und der Crew aus St. Louis so viele Leute ein- und ausgegangen, dass ich mir nicht viel Hoffnung mache."

„Ihr habt niemanden gesehen?" fragte Darian erstaunt.

„Keine Menschenseele", begann Dublin.

„Wir haben auf dem Weg dorthin auch kein einziges Auto überholt, was wirklich seltsam ist", warf Bud ein.

Darian war genauso verblüfft, wie es die Gesichtsausdrücke von Dublin und Bud vermuten ließen. „Das ist seltsam. Gibt es irgendetwas in der Nähe, wo jemand hingelaufen sein könnte?"

Dublins unrasiertes Kinn befand sich in einem merkwürdigen Stadium, auf halbem Weg zwischen Fünf-Uhr-Schatten und tollwütiger Raupe. Er kratzte sich heftig daran, während er laut darüber nachdachte: „Es wäre sicherlich nicht mein erster Tipp gewesen, aber ich nehme an, es könnte möglich sein."

„Okay", hakte Darian nach und wartete erwartungsvoll. Als er nicht weitersprach, drängte sie ihn: „Was gibt es sonst noch da draußen? Wo könnte jemand hingehen oder herkommen, der nicht auf der Straße unterwegs ist?"

„Ich weiß es!" rief Bud aufgeregt, „die Überlaufrinne."

„Die was?" fragte Darian, die nicht verstand, wie ein Überlauf hilfreich sein konnte.

„Es gibt einen Überlauf von einer kurzen Abzweigung des Kennesaw River, vielleicht eine Viertelmeile über das Feld, hinter dem Culleroy-Haus. Es wäre nicht schwierig, dorthin zu gelangen, aber es ist kein Spaß, dorthin zu klettern, selbst wenn man weiß, was man tut, und das bei Tageslicht. Jeder, der diesen Weg geht, müsste ihn kennen, um ihn zu bewältigen, und er könnte sich auf den glitschigen Felsen immer noch das Genick brechen", antwortete Dublin und starrte Bud an, während er mit Darian sprach.

„Ich kann mir nicht vorstellen, dass jemand diesen Weg gehen würde", beendete er.

„Das wäre auch meine erste Vermutung, Boss. Aber wenn ich nicht gesehen werden will, würde ich es riskieren", antwortete er ohne Umschweife.

„Dann wissen wir wohl alle, was du morgen früh machst, was?" Darian gluckste.

Buds Gesicht erblühte zu einem schelmischen Lächeln. „Wenn ich richtig liege, schuldest du mir sein Abendessen", sagte er und wies mit dem Kopf in Richtung Dublin.

„Abgemacht", antwortete Darian mit einem Nicken. „Ich frage mich nur, warum der Monitor nicht angesprungen ist, als ihr vorher dort wart."

„Mit Verzögerung? Ich kanns wirklich nicht sagen, wir haben die Kabel ausgesteckt, bevor wir die Geräte mitgenommen haben", entgegnete Bud und versuchte, seine Verlegenheit zu verbergen. „Wir dachten, sie wären ausgeschaltet. Wir haben kein Problem gesehen."

„Nächstes Mal wirst du es besser wissen", stichelte Darian und gähnte. „Hast du noch etwas? Oder sind wir für heute fertig?"

„Nur ein Videoband."

„Videoband?! Warum hast du das nicht gleich gesagt? Woher ist es?" fragte Darian und streckte ihre Hand nach dem Band aus.

„Weil es nichts beweist, außer dass Murdock und Culleroy sich kannten. Das, und dass sie mit einer dritten Person, die wir noch identifizieren müssen, offensichtlich eine Art gemeinsames Projekt hatten", verkündete Dublin und legte das Band auf den Tisch statt in ihre Hand. „Wir haben es bei Murdock gefunden, unter einen Stuhl gestopft, als ob es in Eile versteckt worden wäre. Wir müssen zurückgehen, da wir gegangen sind, als du angerufen hattest. Und wir müssen die dritte Person identifizieren. SOFORT."

„Ich kümmere mich gleich morgen früh darum", antwortete Darian. „Vielleicht haben wir ja Glück."

„Das wäre das erste Mal."

Unscharf? Oder körnig

Darian wartete darauf, dass das Koffein aus ihrer zweiten Kanne Kaffee die Blut-Hirn-Schranke überwand, damit sie denken konnte. Während sie darauf wartete, dass das Video auf ihrem Handy zwischengespeichert wurde, legte sie das Band ein, das Dublin und Bud aus Murdocks Haus mitgebracht hatten. Sie sah es sich dreimal vollständig an, ohne genau sagen zu können, was sie daran störte. Sie legte es beiseite, als Dublin hereinkam.

„Hast du geschlafen?", fragte er schmunzelnd. „Du siehst furchtbar aus."

„Dir auch einen guten Morgen, Sonnenschein", gab sie schnippisch zurück. „Ich bin schon seit ein paar Stunden hier. Das Video von meinem Telefon ist gerade fertig geworden. Willst du es dir ansehen?", bot sie an und wandte sich dem Computer zu, um die Wiedergabe zu starten.

„Gibt es noch Kaffee?"

„Auf dem Tresen steht ein Becher, vielleicht ist er noch warm. Das, oder es gibt wahrscheinlich noch etwas von dem Verbrannten mit Bodensatz von gestern. Ich habe hier noch keinen gemacht."

Dublin schnippte den Plastikdeckel des Bechers und warf ihn in den Müll, als er einen Schluck nahm. Sein Gesicht verzog sich vor Abscheu. „Wir haben sehr unterschiedliche Definitionen von warm", brummte er und nahm einen weiteren Schluck.

„Wählerischer Bettler. Ich sagte 'vielleicht'. Nimm es oder lass es. Oder geh und mach eine Kanne. Ich kann warten", antwortete sie gereizt und drehte sich dabei im Stuhl hin und her.

„Wirf es an. Ich hole gleich einen frischen Becher."

Das Video war auf dem größeren Bildschirm stark verpixelt. Darian hatte noch keine Gelegenheit gehabt, es neu zu fokussieren. „Du kannst ihn gleich holen. Das hier ist schrecklich", klagte sie.

„Lass es laufen", sagte er und lehnte sich an den Tisch gegenüber dem Monitor. „Wie lange dauert es?"

Darian zuckte mit den Schultern. „Weniger als zehn Minuten."

Sie schauten schweigend zu. Die körnigen, unscharfen Bilder waren bestenfalls schlecht. Der Eindringling war sichtbar, aber nicht identifizierbar. Dublins Laune verschlechterte sich. Die Szene war genau so, wie Darian sie beschrieben hatte, obwohl sie die Bilder bereinigen mussten, um zu erkennen, wer darauf zu sehen war.

„Eine professionelle Videofilmerin bist du nicht", stichelte er.

Darian richtete sich ruckartig auf und schwappte dabei Kaffee auf ihren Schoß. Sie drückte auf Pause bei der Wiedergabe und drehte sich zum Monitor des Videorekorders. Sie tippte ungeduldig mit den Fingern, während das Band zurückspulte, und drückte schließlich auf Play, nachdem es mit einem Klick zum Stillstand gekommen war. „Das war's! Das ist es, was ich vermisst habe", verkündete sie triumphierend.

„Willst du es mir mitteilen?" erwiderte Dublin.

Darian hielt ihren Finger hoch und zwang ihn, zu warten, bis sie ihm offenbarte, was ihr eingefallen war. Als das Band zu Ende war, drückte sie auf Stopp, spulte zurück und drehte sich schließlich zu ihm um. „Sie sind zu viert", sang sie fast schon.

„Vier von ihnen, wer?" fragte Dublin, ohne zu folgen.

Darian klickte erneut auf Play und zeigte auf den Bildschirm, während sie erklärte. „Da sind Culleroy und Murdock und dann dieser Typ, den wir identifizieren müssen, richtig?"

„Richtig. Und?"

„Also... wer hat die Kamera in der Hand?"

Dublins Augen wurden groß. „Du hast Recht. Jemand anderes weiß davon. Aber wer?"

Darian schüttelte den Kopf, als sie auf dem Rekorder erneut auf Stopp klickte und das Bild mit den drei anstoßenden Männern einfror. „Wer auch immer es ist, die Person kommt nie vor die Kamera und sie spricht auch nicht. Aber es gibt eine vierte. Ich weiß es. Die Kamera ist nicht stationär, sie bewegt sich von Person zu Person, was bedeutet, dass sie von jemandem gehalten wird."

„Ich will verdammt sein", sagte Dublin seufzend und drückte damit seine Ungläubigkeit aus.

"Genau."

Es dauerte bis zum frühen Nachmittag und mehrere Kannen Kaffee, bis die Bilder der Videokonvertierung etwas besser wurden, und sie versuchten es erneut. Bud kam herein, als die Übertragung begann, und blinzelte auf den Bildschirm.

„Ich bin mir nicht sicher, aber ich glaube, das ist Breanna", erklärte er.

Darian drückte auf Pause und drehte sich zu ihm um, während Dublin den Kopf zur Seite neigte. „Breanna?"

„Die Größe ist ungefähr richtig. Gibt es jemals eine Aufnahme ihres Gesichts?" erkundigte sich Bud.

„Interessant, dass du das fragst. Wenn ich raten müsste, würde ich sagen, sie wusste, dass die Kamera da war", antwortete Darian. „Selbst als sie wieder aus dem Schrank kommt, bekommen wir bestenfalls ein flaches Profil."

„Nicht gerade hilfreich, oder?" sagte Bud gleichmütig.

„Nein. Nicht wirklich. Hattest du Glück?"

Bud strahlte. „In der Tat. Und es sieht so aus, als würdest du mich zum Abendessen einladen."

„Ich bin neugierig. Was hast du gefunden?" entgegnete Darian und verschränkte ihre Arme vor der Brust.

„Moment mal, das ist meine Show", warf Dublin ein und ahmte ihre Position nach. „Was hast du gefunden?"

Bud gluckste. „Die Türen zum Sturmkeller? Die, von denen wir neulich festgestellt haben, dass sie schon eine Weile nicht mehr geöffnet wurden? Die wurden jetzt geöffnet. Auf den obersten Stufen, die ins Haus hinabführen, waren feuchte Fußabdrücke. Sie sind kleiner, wahrscheinlich von einer Frau. Es gibt auch eine undeutliche Spur von schlurfenden Abdrücken, die vom Haus wegführen."

Dublin zuckte mit den Schultern. „Schlurfend...?"

Bud hielt einen Finger hoch. „Ich habe Bilder von denen auf der Treppe, und ich bin kein Experte, aber ich würde sagen, dass sie ziemlich gut zu dem etwas klareren Paar am Fuß der Überlaufrinne passen", grinste er.

„Das ist hilfreich, aber nicht beweiskräftig", erwiderte Dublin.

„Nein. Aber Blut wäre es", Bud tanzte fast und konnte seine Erregung kaum zurückhalten.

„Du hast Blut gefunden?" fragte Dublin erstaunt.

„Gefunden, eingesammelt und bei Cal abgegeben", strahlte Bud und wandte sich an Darian. „Wo gehen wir zum Abendessen hin?"

„Warte. Warte", unterbrach Dublin ihn. „Du kannst zum Abendessen gehen, wenn das hier vorbei ist. In der Zwischenzeit", er neigte den Kopf zurück zu dem unscharfen Video. „Du sagtest, du denkst, das ist Breanna? Breanna wer?"

„Breanna Flake. Carl Stricklands Assistentin bei der Justiz."

Dublins Kinnlade wurde schlaff. „Strickland?! Ich wusste nicht einmal, dass er eine Assistentin hat."

Bud zuckte mit den Schultern. „Vielleicht ist sie nur Teil des Sekretärinnen-Pools da drüben, ich kann es nicht genau sagen. Sie hat mir immer gesagt, sie sei seine Assistentin."

Dublin kniff sich in den Nasenrücken und schwenkte den Kopf hin und her. „Du hast keine Ahnung, wie sehr ich hoffe, dass du falsch liegst. Denn wenn du Recht hast, ist die Sache gerade richtig schmutzig geworden."

Darians Lachen brodelte auf und sie gackerte laut, bevor sie es stoppen konnte. „*Gerade* schmutzig geworden? Offensichtlich haben wir sehr unterschiedliche Definitionen von 'schmutzig'", stieß sie hervor und funkelte Dublin an.

„Okay, es ist nur etwas mehr schmutzig geworden. Besser?" Dublin schnaubte, ballte seine Hände zu Fäusten und lockerte sie mehrmals wieder.

„Grammatikalisch, nein. Schmutziger, wäre korrekt."

„Jacke wie Hose. Wir müssen sie herbringen."

„Was du nicht sagst?" sagte Darian und rollte mit den Augen, um die Wirkung zu verstärken.

„Ja, Klugscheißer. Das sage ich."

Bud stampfte laut mit dem Fuß. „Gern geschehen", sagte er knapp zu Dublin, während er sich Darian zuwandte. „Also... Abendessen?"

„Auf jeden Fall", sagte sie strahlend. „Wie wäre es mit Ponderosa? Die haben eine Salatbar."

„Wir haben ein Date", rief Bud aus.

„Nein. Es ist ein Abendessen. Wir haben kein Date."

LEBLOSE ZEUGEN

Während sie darauf warteten, dass Hannity von seinem Angelausflug zurückkam, um den Haftbefehl zu erlassen, arbeiteten sie weiter an den Teilen, die sie hatten. Darian wurde es in der Garage zu eintönig. „Ich muss hier raus. Könnt ihr mich für ein paar Stunden entbehren?", fragte sie genervt.

„Wahrscheinlich. Wohin gehst du?" fragte Dublin, nicht wirklich interessiert.

„Auf die Suche nach einer Perspektive."

„Was bedeutet das genau?", fragte er nach.

Darian zuckte mit den Schultern. „Ich dachte, es wäre vielleicht eine gute Idee, die uns bekannten Schauplätze aufzusuchen. Vielleicht sehen neue Augen etwas, das übersehen wurde."

Dublin rieb sich das Kinn und fuhr sich mit den Fingern über die Lippen, während er dachte: „Ein weiteres Paar Augen schadet nie. Nur zu."

Darian war einigermaßen überrascht, dass er sie ohne weitere Einwände gehen ließ, aber andererseits war er wahrscheinlich genauso froh, sie los zu sein. Die beiden hatten schon seit Jahren nicht mehr so eng zusammengearbeitet, und jedes Mal schien es angespannter zu werden als beim letzten Mal. Sie waren nie intim gewesen, aber die Spannung war deutlich spürbar. Sie wusste ebenso gut wie er, dass daraus wahrscheinlich nie etwas werden würde, aber sie mochte es, ihn auf Trab zu halten und sich über die Möglichkeiten Gedanken zu machen. Er war einmal ihr Mentor gewesen. Sie wusste, dass er sich damals, wie heute um Anstand und den äußeren Schein sorgte.

Damals hätten sie vielleicht ein gutes Paar abgegeben. Diese Zeit war jedoch nur ein kleines Fenster und nur ein Märchen. Sie war viel zu aufgeregt, zu hartnäckig und zu entschlossen, um ihren Weg für ihn an die Spitze zu erkämpfen. Als sie sich kennenlernten, war er bereits seit Jahren im Polizeidienst tätig. Er hatte sich an die Arbeit gewöhnt und fühlte sich wohl dabei und war nicht bereit, sich von irgendjemandem aus der Ruhe bringen zu lassen, schon gar nicht von einem Alphaweibchen, das sich nicht beugen wollte. Es spielte keine Rolle, ob er sich zu ihr hingezogen fühlte. Der Altersunterschied von zehn Jahren war zu groß für ihn gewesen.

Da sie jetzt in benachbarten Bezirken wohnten, kreuzten sich ihre Wege oft genug. Er war das Ländliche im Gegensatz zu ihrem Städtischen, das Ruhige und Kontrollierte im Gegensatz zu ihrem Rücksichtslosen, und der Typ mit den Regeln und Vorschriften im Gegensatz zu ihrem unkonventionellen Denken, das sie schnell nach oben befördert hatte. Er war glücklich in Howard. Sie wollte mehr; mehr helle Lichter, mehr Großstadt und mehr Gelegenheit, sich täglich neuen Herausforderungen zu stellen, anstatt Streife zu fahren, zu winken und am Schreibtisch zu sitzen.

Dennoch ergänzten sie sich in ihren Ermittlungen, obwohl sie gegensätzlich waren, und das war schließlich der Grund, warum er sie gerufen hatte. Sie verstand Dinge, die er nicht zu lernen gewagt hatte. Sie bemerkte Dinge, wie den Kameramann auf dem Videoband, die einfach und offensichtlich waren, aber leicht übersehen wurden. Sie wusste, ohne dass er es aussprechen musste, dass ihre Unterstützung zwar nicht ganz oben auf seiner Wunschliste stand, aber auf der Rangfolge höher angesiedelt war als der Staat, der in seinem Bezirk herumschnüffelte und ihm vorschrieb, wie er seine Show zu leiten hatte.

Sie unterdrückte aktiv ihren Instinkt, härter in die Offensive zu gehen, und versuchte, ihn führen zu lassen. Es war ein vertrauter Tanz. Einer, bei dem ihre Zehen oft schmerzten, aber selten brachen.

Sie begann auf dem Howard Community Friedhof. Die weitläufigen Rasenflächen waren selbst so spät in der Saison noch grün. Die Farbe stand im Kontrast, aber gleichzeitig in Ergänzung zu der Decke aus fallendem Laub, das das Grundstück vom Eingang bis zum äußersten Rand bedeckte. Sie brauchte keinen Führer, um herauszufinden, wo die Leichen aufgetaucht waren. Um die Einheimischen nicht zu verärgern, hatte man die Stellen mit gelben Fähnchen gekennzeichnet, anstatt sie mit Klebeband zu markieren.

Als sie den Blick über den Friedhof zwischen den Fahnen schweifen ließ, fiel ihr auf, dass eine von den anderen entfernt stand. Sie begann bei der am weitesten entfernten und ging um die Fahnen herum, in der Hoffnung, etwas zu entdecken, das übersehen worden war. Sie fand nicht viel. Tatsächlich sah die flache Grabstätte, abgesehen davon, dass sich der Boden durch den Regen zwischenzeitlich gesetzt hatte, fast genauso aus wie auf dem Bild, das sie gesehen hatte.

Als sie sich dem Teich und den beiden anderen Fahnen näherte, stellte sie überrascht fest, dass sich ihr die Kehle zuschnürte, denn sie wusste, dass es der Junge gewesen sein musste. Diese Grabstätte unterschied sich deutlich von den anderen. Es war deutlich flacher, und wenn sie raten müsste, sah es überstürzt aus.

Während das erste Grab gleichmäßig angelegt war, war dieses Grab deutlich schlampiger gestaltet. Sie wusste, dass die Gräber deutlich unterschiedliche Tiefen hatten. Sie bemerkte, dass die Gräber, obwohl sie sorgfältig ausgehoben worden waren, auch nicht gleich breit waren. Sie konnte kaum glauben, dass ein und dieselbe Person beide Gräber ausgehoben hatte. Sicherlich war die Vorgehensweise dieselbe, unabhängig davon, wie die erste Bestattung stattgefunden hatte. Sie würde darüber nachdenken müssen.

Die dritte Gruppe von Fahnen befand sich in der Nähe des Ufers, eine weitere war an den Rohrkolben in der Mitte des Teiches gebunden. Das kam ihr ausgesprochen merkwürdig vor. Erstens war es nicht möglich, dass die Leiche vom Ufer ins Wasser geworfen wurde und sich dann im Unkraut verfing, denn es gab keine Strömung. Zweitens wusste sie aus den Berichten, dass das Opfer nicht ertrunken war. Warum trieb sie nicht an der Oberfläche?

Drittens war der Austrittspunkt durch die Entfernung zwar offensichtlich, aber wo war der Eintrittspunkt? Es gab keine offensichtliche Rutschstelle entlang des Ufers, die sie sehen konnte, und soweit sie es beurteilen konnte, lag die Leiche nicht woanders und war durch einen Wasserkanal hineingerutscht, der sich während des Regens gebildet hatte. Die Platzierung im Teich war also beabsichtigt, aber warum?

Und schließlich die brennende Frage, von wem.

Als sie zum Wagen zurückging, bemerkte sie, wie gepflegt der Rest des Friedhofs war. Es kam ihr seltsam vor, dass jemand diesen Ort für eine Leichenentsorgung wählen würde. Es war ja nicht so, dass es unbemerkt bleiben würde. Wenn das erste Foto, das sie gesehen hatte, ein Anhaltspunkt war, gab es kaum Zweifel daran, dass das Gelände verändert worden war. Wenn jemand versuchte, die Leiche zu verstecken, wäre es sinnvoller, sie an die Umgebung anzupassen. Der Gedankengang war verwirrend.

Als sie sich dem Culleroy-Anwesen näherte, war der Unterschied dramatisch. Wo der Friedhof ruhig und friedlich war, schrie einen das mit Tatortband umwickelte Schindelhaus an der alten 43 regelrecht an. Für jeden der sich näherte, gab es keinen Zweifel, dass etwas nicht stimmte.

Der Hof und alle Zugänge zum Haus waren mit Fußabdrücken übersät. Sie konnte die Mannschaft aus St. Louis leicht erkennen. Sie trugen alle das gleiche Fabrikat, und abgesehen von der Abnutzung waren die Fußabdrücke die gleichen. In der Nähe der Türen zum Sturmkeller bemerkte sie die kleineren Fußabdrücke, die Bud fotografiert und versucht hatte zu gießen, bevor er ihnen zur Überlaufrinne folgte. Größe und Form deuteten eindeutig auf eine Frau hin.

Als sie wieder nach vorne kam, bemerkte sie abwesend eine Lauffläche, die nicht zu den anderen passte. Sie zermarterte sich das Hirn, konnte sich aber nicht erinnern, ob sie bereits gegossen und katalogisiert worden war. Sie legte einen Vergleichsmaßstab daneben und machte ein Foto.

Es handelte sich offensichtlich um einen Arbeitsstiefel, wenn man die breitere Form und die tiefe Ausprägung der stark vernetzten Ferse bedachte. Aber er hatte auch etwas Seltsames an sich. Mehrere der Laufflächen um den äußeren Bogen herum hatten zusätzliche Vertiefungen, die keinen Sinn ergaben. Sie machte zwei weitere Fotos, um sie sich später genauer anzusehen.

Als sie das Haus betrat, fiel es ihr auf. Während das Team aus St. Louis und die Einheimischen Überschuhe trugen, bevor sie die Schwelle überquerten, gab es im Inneren keine anderen Fußabdrücke oder Spuren. Sie wusste, dass das Haus nur spärlich möbliert war, aber in dem Bericht hatte sie nirgendwo einen Hinweis auf andere Spuren von Schuhen gefunden. Es gab keine auf der Veranda, keine in der Küche und keine anderen Spuren oder Fußabdrücke, die sie sehen konnte.

Sie füllte einen Kessel und stellte ihn zum Aufwärmen auf den Herd, während sie den Rest des Hauses durchsuchte. Fast alles stimmte genau mit dem überein, wie es katalogisiert worden war. Sie blieb stehen, als sie den kleinen Raum neben dem Wohnzimmer erreichte, wo sie die Kamera vermutete. Sie winkte, falls jemand in der Nähe der Computer war und sie sah. Sie murmelte „Hallo", als sie den Raum verließ, in der Annahme, die Kamera würde sich ausschalten. Sie widerstand dem fast überwältigenden Drang, sie abzunehmen und zu versuchen, das Relais zu orten.

Zurück in der Küche pfiff der Wasserkessel. Sie nahm ein dickes Handtuch vom Herd, befeuchtete es mit dem heißen Wasser und wischte damit über das Linoleum, um die offensichtlichen Abnutzungsspuren auf dem Boden zu untersuchen. Sie hoffte, erkennen zu können, ob der Eigentümer mit Hausschuhen, Socken oder barfuß herumgelaufen war. Sie wurde enttäuscht. Das Linoleum beschlug, wie sie es vermutet hatte, aber es gab nichts preis. Entweder war die Oberfläche sauber gewischt worden oder sie war zu alt, um ihre Geheimnisse preiszugeben.

Ihre letzte Station war das Haus der Murdocks. Bud und Eric waren zurückgekommen, hatten alles eingesammelt, was ihnen verdächtig erschien, und waren gerade dabei, es auf der Wache zu sichten. Als sie eintrat, fiel Darian auf, dass Culleroy und Murdock beide alleinstehend waren. Der Gedanke, dass sie um einen Ehepartner, eine Freundin oder sogar eine Haushälterin herum gearbeitet hatten, beschäftigte sie, obwohl sie nicht sagen konnte, warum.

Rychard Murdock war ganz und gar ein Geschäftsmann. Seine Wohnung und sein Bürobereich waren gut organisiert und detailliert gegliedert. Die Bücher in den Regalen waren nach Größe und nicht nach Thema oder Autor geordnet, was zwar optisch ansprechend, aber für jeden, der sie lesen wollte, ineffizient war. Ein Gedanke ließ sie aufschrecken. Murdock lebte unter Vortäuschung falscher Tatsachen. Seine Regale waren mit aufwendigen und teuren Bänden gefüllt, aber sie würde Geld darauf wetten, das sie nicht hatte, dass jeder einzelne Buchrücken laut knacken würde, wenn sie den Deckel anhob. Sie dienten nur zur Schau.

Sie fragte sich, was sonst noch zur Schau gestellt wurde.

In der Ecke befand sich eine Bar mit mehreren Flaschen edler Spirituosen. Mit einem Kichern stellte sie fest, dass jede einzelne noch versiegelt war. Im hinteren Teil der Bar, hinter den teuren Flaschen, befanden sich Bierflaschen mit unterschiedlichem Füllgrad. Sie fragte sich abwesend, wie lange die Flaschen schon dort standen.

Dublin hatte gesagt, dass das Videoband, das sie gefunden hatten, unter einem Stuhl versteckt war. Das erschien ihr banal und zu einfach. Sie konnte nicht umhin, sich zu fragen, ob das Video manipuliert worden war. Sie war mehr denn je entschlossen, herauszufinden, wer der vierte Mann war. Der dritte Mann auch, aber der vierte Mann, der sich nie sehen ließ, war ihr Hauptverdächtiger.

Der Rest des Hauses war eine einzige Täuschung. Helle, glänzende Spitzenprodukte standen im Vordergrund, so dass jeder sie sehen und bemerken konnte, während sich im Hintergrund minderwertige Marken und billige Nachahmungen versteckten, denen man den jahrelangen Gebrauch ansah. Darian war sich sicher, dass in diesem

Haus mehr verborgen war, als man bisher entdeckt hatte. Da sie aber nur um ein paar Stunden Auszeit gebeten hatte, war die Zeit ziemlich knapp und sie musste zurück.

Sie schüttelte fassungslos den Kopf, als sie das Haus verließ. Als sie die Treppe hinunterstieg, fiel ihr seitlich des Geländers ein allzu vertrauter Stiefelabdruck auf. Das konnte kein Zufall sein. Sie positioniere einen weiteren Maßstab, wie sie es mit der ersten getan hatte, machte mehrere Fotos und steckte die Gedanken für später weg. Sie musste die Stiefel von Dublin, Bud und allen anderen, die auf dem Grundstück gewesen waren, überprüfen, um sie auszuschließen. Es war nur eine Vermutung, aber je eher sie es offiziell machen konnte und nicht nur spekulierte, desto besser.

Als sie zum Wagen zurückkehrte, bemerkte sie mürrisch ein weißes Stück im Reifenprofil. Bei näherem Hinsehen war es ein zerkauter Strohhalm. Sie erinnerte sich an Dublins Bemerkung über Gunners Zahnen, und beschloss, dass sie es auf dem Friedhof aufgelesen haben musste. Sie ließ es stecken, in der Hoffnung, dass es sich von selbst lösen würde. „Das ist einfach ekelhaft", kommentierte sie, als sie ins Auto stieg und den Motor startete.

„Okay, Darian", begann sie ihre motivierende Ansprache, „die Antworten sind da, was sind die Fragen? Es ist Zeit für das Zuordnungsspiel."

Sie ließ ihre Gedanken schweifen, als sie zur Wache zurückfuhr. Wie der vierte Mann aus dem Video, würde sich irgendwann etwas zeigen, wenn sie sich dafür öffnete. Die Frage war nur, wie lange würde es dauern?

POSITIVE ID

Am späten Montag gab es die erste gute Nachricht. Der dritte Mann auf dem Video wurde identifiziert und konnte leicht ausfindig gemacht werden. Sein Name war Wes Kestle. Er war ein bekannter Pädophiler und stand im Register für Sexualstraftäter. Seine Adresse war mit nur zwei Klicks zu ermitteln, nachdem sie sein Ausweisfoto abgeglichen hatten. Sie brauchten die Unterstützung von Mulrooney in Walworth County. Kestle lebte in Lynan, eindeutig außerhalb ihrer Gerichtsbarkeit. Sie riefen Hannity an, um den Papierkram zu koordinieren und würden die Sache am Morgen weiterverfolgen.

Währenddessen wurde Breanna Flake hereingebracht. Dublin brannte darauf, sie zu verhören, und lief auf und ab, um auf Buds Rückkehr zu warten.

„Beruhige dich, Eric", neckte Darian, als sie ihn sah. „Du wirst noch einen Herzinfarkt oder einen Schlaganfall erleiden, bevor sie eintrifft, und deine Chance verpassen."

Dublin drehte sich um und stieß mit dem Oberschenkel gegen die Ecke des Schreibtischs. „Ich möchte nur, dass diese ganze Sache abgeschlossen wird. Und du solltest wissen, dass es mir unheimlich ist, wenn du mich bei meinem Vornamen nennst."

Er winkte ab, als sie zur Antwort schnaubte. „Okay. Okay", fügte sie sich. „Ich dachte, wir hätten die Formalitäten schon längst hinter uns."

„Nein, haben wir nicht", brachte er es auf dem Punkt. „Wusstest du, dass ich Ende des Jahres in den Ruhestand gehe?"

„Das habe ich gehört."

„Du willst das alles nicht, Darian. Mach dir nichts vor."

Darian streckte die Hüfte vor und verschränkte die Arme vor der Brust. „Komm wieder runter, Dublin. Wir wissen beide", sie deutete mit der Hand zwischen ihnen beiden hin und her, „dass das hier auf einer Schnellstraße ins Nirgendwo ist. Ich habe nur ein bisschen Spaß gemacht. Aber da du so empfindlich bist, werde ich es sein lassen."

Dublin entspannte sich für eine Sekunde und spannte sich wieder an, als er bemerkte, dass Bud mit Breanna hereinkam. Er schaute durch die Glasscheibe und nickte mit dem Kopf, dass sie in den Konferenzraum gebracht wurde. Noch war sie nicht verhaftet. Ihre Antworten könnten das ändern. Zumindest konnte sie wegen unerlaubten Betretens und möglicherweise wegen Behinderung von Ermittlungen angeklagt werden.

Darian schwankte zwischen Schmunzeln, Kichern und offenem Gelächter. Dublin starrte sie an. „Was ist so lustig?"

„Ich habe gerade gedacht, dass du dich kein bisschen verändert hast. Du bist immer noch genauso nervös, jemanden zu verhören, wie bei unserer ersten Begegnung."

Dublin rollte mit den Augen. „Heb dir die Erinnerungen für die Zeiten auf, in denen wir keinen Mörder zu fangen haben", ermahnte er sie.

„Schnapp sie dir, Tiger", warf Darian noch ein letztes Mal ein, bevor sie sich zur Tür hinausduckte und mit schnellen Schritten zur Garage ging.

Bud nahm einen Moment später ihren Platz ein. „Sie gehört ganz dir, Boss."

„Hat sie etwas gesagt?"

„Nein. Nicht ein Pieps. Aber ich wette, sie weiß, warum sie hier ist", antwortete Bud achselzuckend. „Oder sie glaubt es zumindest, wenn man ihr Verhalten betrachtet."

Früher hatte Dublin versucht, die Zen-Atmung als Selbstberuhigungs- und Management-Tool zu erlernen. Nach der ersten Lektion hatte er aufgegeben. Plötzlich wünschte er sich, er hätte durchgehalten, er könnte etwas Ruhe gebrauchen. Er wandte den Teil der einen Lektion an, an den er sich erinnern konnte, und zwang sich, durch die Nase einzuatmen und die Luft durch den Mund auszuatmen. Einige Runden später, fühlte er sich nicht weniger angespannt, aber zumindest konnte er sich konzentrieren. Er starrte auf die Akten auf seinem Schreibtisch und grübelte. Er beschloss, sie nicht von Anfang an in die Defensive zu drängen, ließ sie liegen und machte sich auf den Weg zum Konferenzraum.

„Guten Tag, Ms Flake", grüßte er, als er eintrat.

„Sheriff."

„Ich glaube, wir müssen uns unterhalten."

Breanna zuckte mit den Schultern.

„Ich könnte Ihnen jetzt eine lange Geschichte erzählen, warum Sie hierhergebracht wurden, aber Sie sind eine intelligente Frau. Ich möchte wetten, dass Sie es bereits wissen", versuchte er es mit neutraler Schmeichelei.

„Ich habe eine Vermutung."

„Die wäre?", fragte er leise, als er ihr gegenübersaß.

„Sie suchen nach Carl Strickland", antwortete sie sachlich.

Dublin klappte der Kiefer zu und er versuchte, sich seine Überraschung nicht anmerken zu lassen. Erst als er wieder in der Lage war, seine Stimme neutral zu halten, fragte er: „Warum glauben Sie das?"

Ihr Schock über seine Frage war offensichtlich. „Sie meinen, Sie suchen nicht nach ihm?"

„Es könnte sein", stieß er hervor, nicht sicher, wohin dieses Gespräch jetzt führen sollte. „Aber das ist nicht der Grund, warum wir Sie hergebracht haben. Sagen Sie mir, warum glauben Sie, dass wir nach ihm suchen würden?"

Ihre Kinnlade klappte schnell auf. „Weil...", stammelte sie, „er ist seit über einer Woche verschwunden."

Das war eine Neuigkeit für Dublin. Während er seinen Gedanken nachhing, konnte er sich nicht daran erinnern, dass Strickland vermisst wurde. „Interessant. Niemand hat das gemeldet", entgegnete er und versuchte, sich bedeckt zu halten.

„Sind Sie sicher?", fragte sie mit skeptischem Blick.

Dublin kratzte sich am Kinn und stellte abwesend fest, dass er sich einen ziemlich beeindruckenden Bart zugelegt hatte. „Wenn es jemand getan hat, wurde es mir nicht mitgeteilt. Ich würde denken, dass wenn jemand von der Justiz vermisst wird, das meine Aufmerksamkeit verdient hätte."

Ihr Gesichtsausdruck verfinsterte sich, als sie die Arme hochnahm und abrupt vor der Brust verschränkte. „Das würde ich auch so sehen. Er ist ein wichtiger Mann", ermahnte sie ihn.

Dublin war sich bewusst, dass sie vom Thema abkamen. Die Information, dass Strickland fehlte, war sicherlich problematisch. Das war jedoch nicht der Grund, warum sie hier war. Er musste das Gespräch wieder in die richtige Richtung lenken, und ihr provokanter Seitenhieb könnte die Gelegenheit bieten, sie unvorbereitet zu erwischen. „Haben Sie ihn in Marco Culleroys Schrank gefunden?", warf er ein und beobachtete sie aufmerksam.

„Habe ich was?!", antwortete sie, ihre Stimme am Rande des Widerspruchs.

„Sie haben mich verstanden. Und bevor Sie es versuchen, machen Sie sich nicht die Mühe, es zu leugnen, wir haben Sie auf Video", fügte er hinzu und hoffte verzweifelt, das Grinsen aus seinem Gesicht zu vertreiben, als er sah, wie sich sein unausgesprochenes *Erwischt* auf ihren Zügen abzeichnete, bevor sie es überspielte.

„Nein."

„Nein, was?", drängte er.

Sie stieß einen verärgerten Seufzer aus, bevor sie klarstellte: „Nein. Ich hatte nicht gehofft, ihn dort zu finden."

„Was dann?", fragte er, lehnte sich in seinem Sitz zurück und verschränkte die Arme vor der Brust, um ihre abwehrende Haltung zu imitieren.

Sie starrte ihn unverwandt an. Mehrmals dachte er, sie würde etwas sagen, aber sie schloss ihre Lippen so schnell, wie sie sie geöffnet hatte. Offensichtlich überlegte sie ihre nächsten Worte sorgfältig: „Ich glaube, ich brauche einen Anwalt", war das, was herauskam, als sie schließlich sprach.

Dublin kämpfte darum, nicht zusammenzusacken. Dieses Gespräch war offiziell beendet, und er wusste immer noch nicht, warum sie dort gewesen war.

Als er aus dem Konferenzraum kam, wartete Dublin, bis die Tür hinter ihm geschlossen war. Er biss die Zähne zusammen und zischte die Schimpfwörter, die er gerade noch unterdrücken konnte. Als er aufblickte, konnte er durch die Glasscheibe den Fernseher sehen. Offensichtlich gab der Bürgermeister eine Pressekonferenz.

„Fabelhaft", murmelte er zu niemand bestimmten. „Und was jetzt?"

Tiffany stellte den Ton lauter, als er herein kam. Als ob es grünes Licht gegeben hätte, wurde der Status von

Carl Strickland allen Zuschauern von *Channel 10* und wahrscheinlich auch einigen anderen mitgeteilt. Dublin stöhnte laut auf. Links neben dem Bürgermeister stand Vivika Turnbull, die das Mikrofon hielt, als gäbe es keine Ständer für solche Dinge, und sich für die Kameras geradezu aufplusterte.

„Wann hat dieser Zirkus begonnen?" fragte Dublin.

Tiffany drehte sich auf ihrem Stuhl und sah ihn an. „Vor nicht mehr als einer Minute. Er sagt nicht wirklich viel, nur etwas über Carl Stricklands fehlen. Wie kommt es, dass wir das nicht wussten?", fragte sie.

„Gute Frage", sagte er mit einem Nicken. „Ich selbst habe es gerade im Konferenzraum erfahren."

„Oh?" antwortete Tiffany, die Augenbrauen halb zum Haaransatz hochgezogen. „Hat sie zufällig noch etwas gesagt, das nützlich sein könnte?"

Dublin schüttelte den Kopf. „Nein. Sie nimmt sich einen Anwalt."

„Verdammt."

„Genau."

VERWESUNG

Der Dienstag verschlechterte sich schnell von einer hoffnungsvollen Spur zu einem trostlos gähnenden Abgrund. Mit Mulrooney vor ihnen wusste Darian in der Minute, als sie aus dem Wagen stieg, dass Wes Kestle nicht viel sagen würde. Sie konnte es an Dublins Gesichtsausdruck erkennen, als es ihm auch klar wurde.

„Riechst du das?", fragte er mit gerümpfter Nase, bevor er eine Hand darüber schlug.

„Verwesung", antwortete sie mit nach unten gezogenen Lippen, während sich ihr Magen drehte.

„Gott, ich hasse den Geruch von Verwesung", ächzte Dublin und wandte sich dem Kofferraum zu.

„Ich nehme nicht an, dass du eine Dose Nasenpaste zur Hand hast", sagte Mulrooney laut, als er sich mit einem ebenso säuerlichen Gesichtsausdruck dem Heck von Dublins Wagen näherte.

„Das hoffe ich doch", antwortete Dublin und wühlte in der Tasche mit der Ausrüstung. „Wenn nicht, müssen wir uns etwas besorgen, bevor wir weitergehen. Wenn ich es von hier aus riechen kann, werden wir mittendrin sein, sobald die Tür geöffnet wird."

Darian holte ihre Tasche vom Rücksitz. Sie durchsuchte den Inhalt, während sie Dublin fluchen hörte, weil er nichts fand, und kramte ihren Notvorrat hervor. Hoffentlich würde es reichen. „Ich habe etwas", verkündete sie.

„Gott sei Dank hast du eine Frau mitgebracht", kicherte Mulroney. „Die sind immer vorbereitet."

Darian schnaubte. „Ich dachte, das wären die Pfadfinder."

Dublin rollte mit den Augen, als Mulrooneys Kichern zu lautem Gelächter wurde. „Ich war ein Pfadfinder. Lass mich dir versichern, dass Nasenpaste nicht dazu gehört, ein vorbereiteter Pfadfinder zu sein", kommentierte er zwischen einem Mix aus Kichern, Prusten und offenem Gelächter.

Dublin verdrehte die Augen, als Darian ihren Kopf von einer Seite zur anderen neigte und Mulrooney studierte. „Du warst ein Pfadfinder? Wie lange ist das her? Das kann doch nicht das aktuelle Jahrhundert gewesen sein", stichelte sie.

Mulrooney lachte und stützte seine Hände auf seine gebeugten Knie, während er nach Luft schnappte. „Was weiß ein junger Hüpfer wie du schon davon?", schimpfte er zurück.

Darian hob beschwichtigend die Hände: „Ich sage nur, wie ich es sehe."

„Mmmh", warf Dublin skeptisch ein. „Wenn wir mit der gegenseitigen Bewunderung fertig sind, können wir dann mit dem hier weitermachen? Dieser Körper wird nur noch reifer werden."

„Guter Punkt", erwiderte Mulrooney, der endlich wieder zu Atem gekommen war und sich normaler Atmung näherte. „Bringen wir es hinter uns."

Drinnen war der Gestank überwältigend. Das Haus war heißer als ein Ofen. Dublin hatte wenig Hoffnung, dass sie viel Brauchbares finden würden. Sie fanden die Leiche problemlos. Sie saß in einem durchnässten Sessel und die Verwesung war weit fortgeschritten. In Anbetracht der späten hohen Temperaturen und der Tatsache, dass das Haus verschlossen gewesen war, musste der Gerichtsmediziner den Todeszeitpunkt bestimmen.

Dublin blickte von Darian zu Mulrooney und stellte die erste seiner beiden dringlichsten Fragen: „Ist er es?"

Mulrooney zuckte mit den Schultern. „Ich kann nicht sagen, dass ich den Mann wirklich kannte, bevor er so aussah. Jetzt, wo er so aussieht, habe ich keine Ahnung."

„Nicht hilfreich", entgegnete Dublin. „Wir haben offene Fälle in Howard. Soll Cal die Leiche untersuchen? Oder willst du, dass dein Mann die Gelegenheit bekommt?", fragte er.

Mulrooneys Lippen waren aufeinandergepresst und zuckten, während er nachdachte. „Nun...", begann er, „ich könnte mir vorstellen, dass die Gerichtsmedizin, natürlich im Interesse der Freundlichkeit", er grinste, „sich nachbarschaftlich gesinnt und bereit sein könnte, Cal diesen Fall zu überlassen."

„Freundlichkeit?" stichelte Dublin. „Irgendwie glaube ich nicht, dass Cal das so sehen wird, aber unter den gegebenen Umständen ist es vielleicht einfacher."

„Da ist was Wahres dran", sagte Mulrooney und nickte. Mit einem Blick auf Darian fügte er hinzu: „Du kannst das mit Cal für uns regeln, oder?"

Darian stöhnte und riss die Augen weit auf, bevor sie sie verdrehte: „Oh sicher, ich sehe, was du denkst, was meine Aufgabe hier ist. Die Nasenpaste einpacken und dem Gerichtsmediziner schmeicheln. Ich habe Neuigkeiten für dich, alter Mann", stieß sie hervor.

Mulrooney brüllte vor Lachen. „Wir sehen dich viel zu selten, Darian. Du hast Mumm. Das gefällt mir."

„Toll", antwortete sie und zog die Vokale in die Länge. „Genau das, was jedes Mädchen hören will, Mumm."

Dublin ging hinaus in den Hof, um Cal zu rufen. Alles war besser, um dem Geruch für eine Minute entfliehen zu können. Nasenpaste war hilfreich, aber sie konnte das hier nicht abdecken. Nicht einmal annähernd. Diese Leiche lag schon eine ganze Weile hier.

Sobald Cal unterwegs war, kehrte er zurück und fand Darian und Mulrooney, die den Rest des Raumes durchwühlten. „Habt ihr etwas Brauchbares?", fragte er, als er eintrat.

Darian hielt eine Plastikkassette hoch, die sie aus der immer größer werdenden Pfütze unter dem Stuhl des Verstorbenen gefischt hatte. „Ich weiß nicht, ob es zu retten ist, aber wir haben ein weiteres Videoband", kommentierte sie und ließ es in eine Plastiktüte fallen.

Dublin verschränkte die Arme und fuhr sich mit der Hand über die Lippen. „Findest du das auch komisch, oder nur ich?"

„Wie meinst du?"

„Dass es ein Videoband ist. Entweder ist es alt, oder diese ganze Gruppe ist noch nicht ganz im einundzwanzigsten Jahrhundert angekommen."

Darians Augen leuchteten auf. „Oh. Ich verstehe, was du meinst. Nein, es liegt nicht nur an dir. Jetzt, wo ich darüber nachdenke, ist es wirklich seltsam. Warum ein Videoband? Zumindest, wenn es aktuell ist, warum ein Videoband? Wenn es alt ist, ist es einfach nur alt."

Dublin biss sich auf die Innenseite seiner Unterlippe. Es war eine unangenehme Angewohnheit, die er sich nie hatte abgewöhnen können. Die dunkle venöse Verfärbung an der Oberfläche belegte, wie oft er dies tat. „Meinst du, du kannst es retten, oder einen Teil davon? Oder soll ich St. Louis anrufen?", fragte er und hoffte im Stillen, dass sie so antwortete, wie er es wollte.

Darians Kopf neigte sich von einer Seite zur anderen, ihr Gesichtsausdruck verzerrte sich, als sie einen rauen Seufzer ein- und wieder ausstieß. „Ich weiß es nicht. Ich kann es versuchen, aber ich glaube, wir müssen die Alarmglocken läuten lassen. Vierundzwanzig Stunden vielleicht, dann fahren wir die großen Geschütze auf."

Dublin tippte auf seine Uhr. „Die Uhr tickt."

Nachdem Cal mit der Leiche verschwunden war, sammelten sie alles andere ein, was einigermaßen verdächtig war. Mulrooney lud sie ein, wiederzukommen, und versprach, Luftreiniger bereitzustellen, um das Gelände begehbar zu machen. Sie spannten Klebeband um das Gelände sowie um alle Zugänge. Schließlich klebten sie noch ein Stück über die Einfahrt, bevor sie abfuhren.

Zurück im Wagen war Darian hinter das Steuer gerutscht. Dublin hatte nichts dagegen, da ihm von den überwältigenden Gerüchen, auf die sie gestoßen waren, der Kopf schwirrte. Als sie die Wache erreichten, wollte er die Teile nicht mit hineinnehmen, weil er befürchtete, dass diesen Gerüche anhafteten. Das war keine Option. Sie fuhren zur Rückseite der Garage und entschieden sich, die Gegenstände auf der Einfahrt zwischen dem Wagen und dem Gebäude abzustellen und das Garagentor zu öffnen, damit sie gesehen werden konnten. Dublin hielt inne, als Darian sprach.

„Warst du heute auf dem Friedhof?", fragte sie mit einem merkwürdigen Gesichtsausdruck.

„Nein. Warum?"

Sie griff unter das Lenkrad und kam mit einem zerfetzten Plastikstreifen zwischen den Fingern zurück. „Weil das hier auf dem Dielenbrett lag."

Dublin zuckte mit den Schultern. „Ich frage mich, wie lange das schon da ist", sagte er, ohne sich viel dabei zu denken.

„Das frage ich mich auch."

Dublin zuckte wieder mit den Schultern, ging um den Kofferraum herum und ging in die Garage, wobei er über die Schulter sprach, während er ging. „Schwer zu sagen. Gunner lässt diese verdammten Dinger überall herumliegen."

„Vielleicht solltest du ihn dafür vorladen", erwiderte Darian und warf es in den Mülleimer neben der Tür.

„Vielleicht. Aber es ist wie mit den Zigarettenstummeln, sie sind überall, und obwohl wir wissen, dass er ein Missetäter ist, ist er nicht der Einzige, der es tut."

„Er ist der Einzige, den ich kenne, der das tut", erwiderte sie.

Dublin kicherte und kehrte mit einer großen Flasche Handdesinfektionsmittel zurück. „Fahr mal über den McDonald's-Parkplatz. Gunner kann unmöglich für all das verantwortlich sein. Manchmal frage ich mich, ob Strohhalme nicht das neue Crack sind."

Darian schnaubte, schaute auf die Flasche mit dem Handdesinfektionsmittel und schüttelte den Kopf. „Behalte deinen Glibber. Ich werde jetzt duschen gehen. Der Geruch ist schon im Stoff meiner Uniform. So kann ich unmöglich arbeiten."

Dublins Augen weiteten sich bei dieser Idee. „Gute Idee. Ich treffe dich in einer Stunde wieder hier. Wir können Bud hierlassen, damit er auf das Zeug aufpasst."

„Abgemacht."

VollständigerBericht

„Ein weiterer Tag, ein weiterer Schutzanzug", rief Dublin, um über das Beatmungsgerät gehört zu werden. Der Anzug hatte im Flur auf ihn gewartet, als er am Mittwochmorgen das Leichenschauhaus erreichte.

Cal blickte von seinem Platz über der Leiche auf dem Tisch auf, ohne aufzustehen. „Ja, eine einfache Maske und ein Schutzschild werden heute nicht ausreichen."

Dublin gewöhnte sich noch an den Geruch der Schläuche, die dem Anzug frische Luft zuführten. „Dieser Fall muss beendet werden. Ich füge jeden Tag neue Gerüche zu meiner Top Ten der Schlimmsten hinzu."

Cal gluckste. Das Geräusch wurde durch den Anzug gedämpft. „Ich wünschte, ich hätte nur zehn auf meiner Liste."

Dublin betrachtete die Leiche mit Abscheu. Gestern war es schlimm gewesen. Heute war sie ekelhaft. Auf dem Tisch liegend, wuchs die Lache um sie herum immer noch, während er beobachtete, wie Fleisch- und Muskelfetzen von den Knochen abfielen. Abwesend versuchte er, sich den Kalender auf seinem Schreibtisch vor Augen zu führen, fragte sich, wie viele Tage ihm noch blieben, und überlegte, ob es möglich war, dass der Fall abgeschlossen werden würde, bevor er ging. Im Grunde seines Herzens wusste er, dass er diesen Fall auf keinen Fall jemand anderem übergeben konnte, aber hierzubleiben, um ihn zu Ende zu bringen, war auch nicht besser.

„Willst du hiermit anfangen?" fragte Cal und deutete auf die Leiche auf dem Tisch, „oder ich kann dir mehr Informationen über die anderen drei geben."

Dublin überlegte. „Würde dieses Update hier stattfinden, oder könnten wir dafür den Raum verlassen?"

Cal zuckte mit den Schultern. „Du hast die Wahl. Fangen wir hier an, dann können wir gehen, wenn du den Raum noch immer verlassen willst."

„Wenn?" entgegnete Dublin und war entsetzt über die Vorstellung, dass er sich an diese Situation gewöhnen sollte.

„Okay. Okay.", kicherte Cal. „Ich weiß, dass du jetzt nicht willst, aber komm näher."

Dublin atmete mehrmals tief ein und war nicht ganz davon überzeugt, dass der schreckliche Geruch nicht in seinen Anzug eindringen würde, wenn er näherkam. Er ging näher heran, aber nicht zu nahe. „Was hast du?"

„Nun..." begann Cal und ging auf den Kopf zu. „Es gibt hier kein Fleisch, das das bestätigen könnte, aber es gibt drei kleine Kerben an der Seite der Halswirbel hier am Hals. Meiner Meinung nach haben sie eine ähnliche Größe wie eine Insulinspritze, die zu tief eingestochen wurde."

„Wie...?" hakte Dublin mit hochgezogenen Augenbrauen nach.

„Ja. Ganz genau so."

„Glaubst du, dass es sich um dieselbe Person handelt?"

„Möglicherweise", schüttelte Cal den Kopf. „Ich kann es nicht mit Sicherheit sagen. Aber meiner Meinung nach ist es zu ähnlich, um ein Zufall zu sein."

„Das denke ich auch", bestätigte Dublin und nickte mit dem Kopf. „Sonst noch etwas?"

„Adrenalin", kommentierte Cal lapidar. „Du sagst, er wurde dort gefunden, wo ich ihn geholt habe?"

„Wir haben ihn nicht angerührt, als wir ihn gefunden haben. Also, ja. Was du gesehen hast, war dasselbe, was wir gesehen haben. Warum?"

Cal hob seine Hand und legte sie oben auf den Schutzhelm. „Bei dem Adrenalinspiegel hätte ich auf Aktivität getippt", antwortete er und starrte auf die Wand hinter Dublin, während er nachdachte. „Ich nehme an, es könnte auch Angst gewesen sein", fügte er mit Verspätung hinzu.

„Jemand hat ihn also zu Tode erschreckt?" fragte Dublin sarkastisch.

Cal trat zwei Schritte zurück und lehnte sich mit den Hüften gegen den Tresen an der gegenüberliegenden Wand. Er ließ die Hände sinken und stützte sie auf beiden Seiten seiner Hüften ab, um zu antworten, aber sein Ton war fragend. „Nein, aber irgendetwas hat die Werte erhöht. Eine Kampf- oder Fluchtreaktion könnte das bewirken. Die Frage ist, ob er es konnte."

„Konnte was?" fragte Dublin, ohne zu folgen.

„Kämpfen? Oder fliehen?"

Dublin starrte den Gerichtsmediziner an. Schließlich dämmerte ihm die Erkenntnis. „Du meinst also, er hatte Angst und wollte kämpfen, oder er wollte weglaufen, konnte aber nicht. Einfach so?"

„Ganz genau. Abgesehen von dem Stuhl, in dem er saß, sah keines der anderen Möbel gebraucht aus, und ich habe auf vielen Stücken eine dicke Staubschicht bemerkt. Ich frage mich, ob er sich bewegen konnte oder einfach nicht wollte", schätzte Cal ein.

„Kann man das irgendwie feststellen?"

„Ich habe seine medizinischen Unterlagen angefordert, aber sie müssen erst aus Walworth kommen. Ich habe sie noch nicht."

„Okay. Halt mich auf dem Laufenden. Sonst noch etwas?" fragte Dublin ungeduldig, mehr als bereit, sich von der Leiche zu entfernen.

„Noch nicht. Ich kann nichts ausschließen oder bestätigen. Das Gewebe ist durch die Verwesung so stark geschädigt, dass die meisten Ergebnisse verfälscht sind."

Dublin klatschte die Hände zusammen. „Dann machen wir weiter. Was hast du noch?"

Cal gluckste. „Kling nicht so begeistert", mahnte er. „Willst du hierbleiben? Oder sollen wir in mein Büro gehen?"

Dublin zeigte auf den Anzug und die Kapuze. „Wenn ich aus diesem Anzug herauskomme, dann lieber draußen. Los geht's."

Cal schüttelte den Kopf und schnaubte. „Nach dir", sagte er und winkte zur Tür.

Selbst in Cals Büro waren die Gerüche erdrückend. Dublin wäre fast zurückgegangen, um wieder in den Anzug zu steigen. Fast. „Hattest du bei den anderen Glück? Oder war es nur eine Bestätigung dessen, was du vorher dachtest?", eröffnete er und hoffte, dass es schnell gehen würde.

Cal schmunzelte und ließ sich mit einem großen Becher dampfenden schwarzen Kaffees in seinem Stuhl nieder. Er hatte einen auf den Schreibtisch neben Dublin gestellt, aber Dublin hatte noch nicht danach gegriffen. „Du solltest das vielleicht nehmen", sagte Cal mit einem Kopfnicken.

„Ich wusste nicht, dass ich durstig bin", erwiderte Dublin.

„Dann trink es nicht. Einfach inhalieren. Der Duft von Kaffee oder Kaffeebohnen reinigt den Gaumen. Das hilft bei den Gerüchen."

Dublin stolperte fast über sich selbst, als er nach dem Becher griff, was Cal dazu brachte, laut zu lachen und seinen letzten Schluck zu verschlucken. „Warum hast du das nicht gleich gesagt?" forderte Dublin heraus.

„Du bist so viele Jahre dabei? Ich hätte nicht gedacht, dass ich das muss", stichelte Cal. „Ich schätze, ich weiß, wie sehr du aufpasst."

„Lasst uns einfach weitermachen."

„Okay, okay", sagte Cal und bewegte seine freie Hand auf und ab, während er seinen Becher abstellte. „Womit sollen wir anfangen?"

„Wie wäre es mit dem Anfang?" erwiderte Dublin trocken.

„Der Junge", sagte Cal düster. „Ich weiß immer noch nicht, wer er ist. Ich habe seine Fingerabdrücke überprüft, aber nichts gefunden. Leider gibt es keine gute Datenbank für Kinder. Selbst in der Datenbank für vermisste Kinder sind Fingerabdrücke nur der Zuckerguss, aber nie der Kuchen."

„Ich kann nicht glauben, dass ihn niemand vermisst", erwiderte Dublin. „Ich kann ein unbekanntes Kind nicht verarbeiten."

„Ich weiß", antwortete Cal und nahm einen Schluck, bevor er fortfuhr. „Was ich weiß, ist, dass unsere erste Einschätzung richtig war. Seine Todesursache ist Erstickung durch Strangulation. Außerdem weiß ich, dass der Gürtel von Marco Culleroy verwendet wurde. Während die Kerben von Murdocks und seinem Gürtel übereinstimmen, hat nur Culleroys Gürtel Zellen mit passender DNA."

„Du meinst also...", fragte Dublin, „wir können ihn sicher als den Angreifer identifizieren?"

Cal schürzte die Lippen. „Definitiv", antwortete er mit einem bejahenden Nicken. „Ich weiß nicht, was wir noch finden können. Abgesehen von seiner Identität wissen wir alles, was wir über seinen Tod wissen können, glaube ich. Wir wissen, dass er missbraucht wurde. Ich weiß... dass es mehr als einmal war. Und wir wissen, dass er erwürgt wurde, bis er starb. Es bringt ihm nichts, wenn wir zu tief graben. Schließ den Fall ab, damit er in Frieden ruhen kann."

Dublin sackte zusammen, als er ausatmete. „Ich sollte froh sein, dass wir diesen Teil schließen können, aber irgendwie bin ich es nicht."

„Ich verstehe, und ich stimme zu", antwortete Cal, schlang seine Finger um den Becher, den er in der Hand hielt, und atmete tief durch. „Ich glaube, da steckt mehr dahinter, aber ich weiß nicht, wie wir das jemals herausfinden sollen. Und dem Jungen ist damit nicht geholfen."

Sie saßen schweigend da und starrten sich einige Augenblicke lang an. Irgendwie war es das Mindeste, was sie dem Kind jetzt bieten konnten. Dublin war in Gedanken versunken und versuchte, die Teile von allem, was er bisher gesehen oder gesammelt hatte, zusammenzufügen. Nichts ergab einen Sinn. Oder das, was einen Sinn ergab, war noch schrecklicher als die Teile, die sie kannten.

„Der Nächste?" fragte Cal schließlich und schmunzelte, als Dublin aufschreckte.

„Der Nächste", lenkte Dublin ein und griff nach seinem Becher, da er plötzlich einen Drink brauchte, obwohl Kaffee nicht ganz oben auf der Liste stand.

„Marco Culleroy, neunundvierzig Jahre alt, wurde auf dem Friedhof der Gemeinde Howard begraben. Wie bereits erwähnt, ist auch er an Erstickung gestorben. Genauer gesagt: Erstickung durch Sauerstoffmangel oder Aspiration."

„Du hast nicht genug Kaffee im Haus, als dass ich das verstehen könnte", erwiderte Dublin trocken. „Verständlich bitte, Doc."

„Erinnerst du dich, dass ich sagte, dass er einen Atemzug genommen hat?" fragte Cal und fuhr fort, als Dublin nickte. „Er hat mehrere gemacht. Nach der Menge an Erde in seiner Lunge zu urteilen, hat er leicht drei oder mehr gemacht. Jedes Mal war immer weniger Sauerstoff vorhanden, aber gerade genug, um das Unvermeidliche hinauszuzögern. Er erstickte bei dem Versuch, Dreck einzuatmen", schmunzelte Cal. „Verständlich genug?"

„Aber warum sollte er nicht versuchen, sich selbst auszugraben? Er schien nicht gestresst zu sein, sondern friedlich zu liegen, als wir ihn fanden."

Cal schüttelte den Kopf. „Ich würde sagen, es geht auf das Insulin zurück. Ich denke, er war wahrscheinlich bestenfalls außer Gefecht gesetzt oder schlimmstenfalls bewusstlos. Eine bewusstlose Person unter Wasser ertrinkt mit dem ersten Atemzug. Im Untergrund ist noch Sauerstoff vorhanden, er geht nur aus. Wenn er wach, aber bewusstlos war, wäre er einfach eingeschlafen."

Dublin knurrte. „Ich sollte nicht... aber das ist zu einfach und friedlich für jemanden wie ihn."

Cal strich sich mit der Hand über das Gesicht. „Ich stimme zu. Ich habe jedoch keine Möglichkeit, den Wachheitsgrad zu bestimmen. Die Todesursache ist Erstickung."

„Der Nächste", drängte Dublin.

Cal hielt einen Finger hoch. „Ich habe Fingerabdrücke auf seiner Schnalle gefunden. Es sind nicht seine."

„Auf Culleroy's?" fragte Dublin.

„Ja", antwortete Cal, unglücklich über die nächste Information, nach der Dublin sicherlich fragen würde.

„Wissen wir, von wem sie sind?"

„Sie sind von EJ", sagte Cal und wünschte, er hätte sich geirrt.

Dublin stützte seinen Ellbogen auf den Schreibtisch, hielt seinen Finger in die Höhe und schloss die Augen.

„Warte mal... Nein, warte mal,..." Seine Augen weiteten sich. „Er hatte keine Handschuhe an."

Cal war einen Moment lang verwirrt. „EJ?"

„Ja", nickte Dublin und schloss erneut die Augen, um es vor seinem geistigen Auge zu sehen. „Er trug Arbeitshandschuhe, als er anfing, aber er ließ den Pinsel, den er benutzte, immer wieder fallen, also zog er sie aus. Er hatte nur einen Gummihandschuh in seiner Tasche."

„Vielleicht", erwiderte Cal skeptisch. „Den Teil habe ich nicht gesehen."

Dublin nickte wiederholt. „Ich sehe es schon wieder in meinem Kopf, aber ich werde ihn fragen. Der Nächste."

„Rychard Murdock, zweiundfünfzig Jahre alt, wurde aus dem Teich auf dem Howard Community Friedhof gezogen. Todesursache: Strangulation", Cal hielt inne, als Dublins Kinnlade herunterfiel.

„Aber du sagtest, er hatte Erde in der Lunge..."

„Das habe ich", nickte Cal. „Und das hatte er auch. Aber er hatte auch Erde zwischen den Zähnen, als ob er damit gefüttert worden wäre. Die Todesursache ist Strangulation, basierend auf zwei Dingen. Erstens", Cal hielt einen Finger hoch, „aufgrund der Strangulationsspuren, die nach dem Austrocknen der Leiche auftraten, worüber ich dir gleich mehr erzählen werde. Aber zweitens", er hob einen weiteren Finger, „am gebrochenen Zungenbein. Er wurde gewaltsam stranguliert. Es war kein Wasser in der Lunge, weil er nie wieder geatmet hat", grinste Cal.

Dublin tippte ungeduldig mit den Fingern auf den Schreibtisch. „Zurück zu den Strangulationsspuren. Was ist mit ihnen?"

„Ich wollte dir das im Labor zeigen. Willst du...?"

„Nein!" Dublin unterbrach ihn. „Sag es mir einfach."

„Das Muster der Strangulationsspuren an Murdock passt zu dem Jungen."

Dublins Kinnlade klappte herunter und seine Augen weiteten sich. „Derselbe Gürtel? War es Culleroy?"

Cal nickte, schüttelte dann aber den Kopf, bevor Dublin fertig war. „Dasselbe Muster. Anderer Gürtel. Es war sein eigener."

„Nein!" entgegnete Dublin und seine Stimme klang schockiert.

„Doch."

„Aber er hat ihn getragen."

„Leicht zu ersetzen, nachdem er tot war. Zellulare Beweise bestätigen es. Murdock wurde mit seinem eigenen Gürtel erdrosselt, bevor er in den Teich geworfen wurde."

„Verdammt", flüsterte Dublin. „Das ist hart, einen Mann mit seinem eigenen Gürtel zu erwürgen?"

„Nicht wahr?"

Dublin schnippte mit den Fingern. „Irgendwelche Beweise auf dem Gürtel, die ihn mit dem Täter in Verbindung bringen?"

„Alles, was ich gefunden habe, passt nur zu dem Opfer."

Dublin pfiff und lehnte sich in seinem Stuhl zurück. „Also, wir haben vier Leichen. Zwei wurden mit passenden Werkzeugen stranguliert, möglicherweise von derselben Person, eine erstickte im Dreck, und eine vierte, über die wir noch nichts weiter sagen können, außer dass sie einen Adrenalinrausch hatte. Ist das die Zusammenfassung?"

Cal hob einen Finger, als er einen Schluck trank und den Becher abstellte. „So in etwa. Du hast nur die Einstichstellen vergessen, bei dem Letzten, die bis auf den Knochen gingen."

Dublins Ellbogen stützte sich auf dem Schreibtisch ab, seine Stirn ruhte in einem seltsamen Winkel auf seiner Faust. „Also potenziell...", er drehte sein Kinn nach vorne, um Cal in die Augen zu sehen. „...zwei bis möglicherweise vier Täter."

Cal atmete tief durch die Nase ein und langsam durch den Mund wieder aus, was Dublin aus Gründen, die er nicht aussprechen konnte, fast zum Lachen brachte. „Im Moment? Ich tippe auf zwei."

„Ich glaube, du hast Recht."

JUSTIZ

Durch das Klingeln seines Handys und das wilde Vibrieren auf der Tischplatte wurde Dublin aus dem Schlaf gerissen. Er griff blindlings danach und warf es herunter, anstatt es zu greifen. Er versuchte sich zu bücken, war aber zu desorientiert, um zu erkennen, dass er nicht saß, sondern zuhause im Bett geschlafen hatte. Er landete mit einem harten Aufprall auf dem Boden und schlug sich den Kopf am Nachttisch an. Er suchte das Telefon und drückte auf den Annehmenknopf. „Büro des Sheriffs!", bellte er in den Hörer.

„Büro des Sheriffs?", fragte der Anrufer.

Dublin blinzelte heftig. Seine Augen fühlten sich teigig an.

„Hallo?", fragte die Stimme. „Sheriff Dublin? Sind Sie noch dran?"

Dublin schüttelte den Kopf und blinzelte schnell, um seine Sicht zu klären. Sein Schlafzimmer rückte sich gerade in Sicht, als die Tür aufflog und Darian mit gezogener Waffe hereinkam, bekleidet mit kaum mehr als einem seiner alten weißen T-Shirts mit V-Ausschnitt. „Ich bin hier", schaffte er es, schüttelte den Kopf und versuchte, sein Gehirn wieder zum Laufen zu bringen.

„Oh. Okay, gut", begann die Stimme, die er jetzt als männlich erkannte. „Geht es Ihnen gut? Ich habe einen Tumult gehört."

„Wer ist dran?!" fragte Dublin, ohne den rauen Ton in seiner Stimme zu zügeln, als er Darian anschaute.

„Ich bins, Gunner. Gunner Douglas, Sheriff. Draußen vom Friedhof?"

Dublin stöhnte und brauchte einen Moment, um sich aufzusetzen. Er zog das Laken aus dem Bett, um seine Morgenlatte zu bedecken, denn er wollte Darian nicht die falsche Botschaft übermitteln. „Gunner? Oh Gott, Gunner. Bitte sag mir, dass du nicht zu dieser wahnsinnig frühen Stunde anrufst, um mir zu sagen, dass es eine weitere Leiche gibt", sagte er und versuchte, die Frage und die Panik aus seiner Stimme zu halten.

„Nicht ganz, nein", antwortete Gunner. „Und es ist fast zehn."

„Gott sei Dank", sagte Dublin, und Erleichterung durchzog seinen Tonfall.

„Uhhhhhm..." Gunner zögerte.

Dublin schloss die Augen, drückte seinen Nasenrücken zusammen und zog den Kopf nach unten. Darian belauschte offensichtlich das Gespräch, aber sie lenkte ihn ab, indem sie dort stand. Er konnte nicht klar denken. Das Zögern in Gunners Stimme drehte ihm den Magen um. „Du willst mir doch nicht sagen, dass es noch eine Leiche gibt, oder?", stellte er klar.

Das langanhaltende Schweigen am anderen Ende der Leitung war nicht gerade vertrauenserweckend. „Nein, Sheriff. Es sind zwei."

Nach Gunners Antwort war es Dublin egal, dass Darian dort stand oder was sie sehen könnte oder auch nicht. Er sprang vom Boden auf und landete fast wieder auf seinem Hintern, als er versuchte, auf dem Rand des Lakens zu stehen. „Sag mir, dass das ein Witz ist", forderte er und griff sich an den Kopf, als würde das das verrückte Drehen stoppen, das begonnen hatte, als er es geschafft hatte, sich aufzurichten.

„Nein, Sir. Kein Witz."

„Fan-fucking-tastisch", schimpfte Dublin und blickte zu Darian, die es offensichtlich gehört hatte. Er begann damit, die üblichen Befehle zu geben, wer in welcher Reihenfolge angerufen werden musste, wobei er sich erst gegen Ende daran erinnerte, dass er oder Bud diejenigen sein würden, die diese Anrufe tätigen mussten. Aus den Augenwinkeln sah er, wie Darian ihre Waffe wieder sicherte und ihm zu murmelte. Er verstand nichts davon.

„Ich werde die Anrufe tätigen", wiederholte sie leise und verzog das Gesicht, weil sie es zweimal sagen musste.

Dublin nickte ihr zu, erinnerte sich daran, dass er am Telefon war, und setzte sich auf das Bett. „Gunner, du kennst den Ablauf genauso gut wie ich. Ich treffe dich dort", sagte er schließlich.

Er zog sich schnell an und begann, durch die Wand ins Gästezimmer zu schreien, bevor er bemerkte, dass Darian bereits angezogen war und im Flur auf ihn wartete. „Oh", gab er seinen Schock wieder, als er kurz vor der Tür stehen blieb. „Ich wollte nicht..."

„Ja. Ich bin mir sicher, dass du das nicht wolltest. Ich bin schneller, als du denkst. Trau mir etwas zu. Der Kaffee ist schon fertig. Wir können unterwegs telefonieren", zählte sie auf.

„Ich setze dich an der Wache ab", sagte er und ließ den Rest seiner Bemerkung unausgesprochen, als sie sich zu ihm umdrehte.

„Nein. Wenn ich richtig gehört habe, gibt es zwei Leichen. Du kannst sie nicht beide beaufsichtigen. Ich komme mit", erklärte sie trotzig.

„Wir machen einen nach dem anderen", erklärte er rational.

„Das ist mir ehrlich gesagt egal, Eric. Es gibt zwei Leichen. Selbst wenn sie abwechselnd bearbeitet werden, muss einer bei der einen sein, während die andere bearbeitet wird. Du kannst nicht beides machen. Du bist schon auf dem Weg dorthin. Ich fahre mit dir. Es ist sinnvoll, dass wir direkt dorthin fahren. Wollen wir uns wirklich darüber streiten?", forderte sie, eine Hand auf die Hüfte gestützt, während die andere auf den Tresen fiel und ihre Nägel klackten, als sie mit den Fingern trommelte.

Dublin hielt seinen Gedanken bei sich, während er die Zähne zusammenbiss und die Lippen aufeinanderpresste. Genau aus diesem Grund hätte er sie in einem Hotel unterbringen sollen, anstatt ihr sein Gästezimmer anzubieten. Sie hatten lange gearbeitet und die Spannung anschließend abgebaut, mit den Resten des Scotchs, den sie zuvor geöffnet hatten.

Eigentlich hätte keiner von ihnen fahren dürfen, aber er wohnte zwei Blocks von der Wache entfernt und sie riskierten es. Sie zum One Stop zu fahren, dem einzigen hotelähnlichen Betrieb in der Stadt, wäre nicht viel anders gewesen, als sie nach Stewart zurückfahren zu lassen. Sie hatten die Wahl zwischen einer schlechten Entscheidung und Schlimmerem. Der Morgen brachte Schlimmeres.

Sie hatten sicherlich nicht genug getrunken, um einen von ihnen als betrunken zu bezeichnen, nur leicht angetrunken, aber wie die Plakatwand so banal darauf hinwies, war Fahren unter Alkoholeinfluss gleichbedeutend mit Trunkenheit am Steuer. Mit einem Kaffee in der Hand kam er aus dem Haus und fühlte sich sofort besser. Der Wagen war nirgends zu finden. Vielleicht hatten sie mehr getrunken, als er dachte, und waren zu Fuß gegangen. In etwa zwei Blocks würden sie es wissen.

Er wurde munter, als ihm klar wurde, dass sie bis dahin bereits bei der Wache sein würden. Als sich das

Szenario abspielte, wurde sein Schritt leichter. Es war nur vorübergehend.

„Ich komme trotzdem mit", verkündete sie, als der Wagen in Sicht kam, der immer noch auf dem Parkplatz des Büros stand.

„Bud kann mit mir kommen", erwiderte Dublin, ohne den Kopf zu drehen oder den Blick abzuwenden.

Darian kicherte. „Ich sehe sein Auto nicht, du etwa?", sagte sie und schwenkte den Arm über die Landschaft vor ihnen.

„Fein", brummte er. „Aber ich werde ihn anrufen. Ich brauche dich immer noch, um diese Computer zu knacken, oder zu versuchen, sie zu knacken." Er könnte fast schwören, dass er sie daraufhin knurren hörte.

„Ich werde die neuen Algorithmen laden und starten, während du deine Anrufe tätigst. Wir können gehen und zurückkehren, vermutlich, bevor sie fertig sind", zwitscherte sie.

Jetzt war es an ihm, zu knurren. „Das könntest du wahrscheinlich. Aber dann könntest du die Zeit nutzen, um an dem Videoband aus dem Kestle's Haus zu arbeiten. Die Uhr tickt, schon vergessen?"

Dann blieb sie stehen, drehte sich zu ihm um und stellte ihm einen Stiefel in den Weg, damit er innehalten oder ihr ausweichen musste. „Was ist los? Du hast mich herbestellt, aber du willst nicht, dass ich mich einmische. Ich bin keine Laborratte. Ich bin keine Technikerin. Willst du das? Ruf die Jungs vom Staat an. Oder ruf St. Louis an. Ich bin sicher, dass sie gerne zurückkommen und helfen. Du hast angerufen und mich gebeten, bei diesem Fall zu helfen, aber du beschränkst meinen Zugang. Gibt es ein Problem, das du mir noch nicht mitgeteilt hast?", verlangte sie, und ihr Fuß begann auf halbem Weg zu wippen.

Dublin war bereit, zurückzuschlagen, bis zu ihrer letzten Frage. Es gab ein Problem. Sie war eine Sie, und eine verdammt feine noch dazu. Das konnte er nicht sagen, so viel war sicher. Aber was? „Nein, es gibt kein Problem", sagte er schließlich, ohne einen von ihnen wirklich überzeugen zu können.

Sie verschränkte die Arme vor der Brust und akzeptierte seine Antwort offensichtlich nicht. „Was dann? Denn es macht keinen Sinn, dass du mich um Hilfe bittest und mich nicht lässt. Ich bin nicht neu. Ich bin nicht unerfahren. Ich bin niemand, der beschützt werden muss oder der vor dem Schmutz geschützt werden muss. Verdammt, ich habe wahrscheinlich mehr gesehen als du. Es ist ja nicht so, dass es in Howard nur so von Gangs wimmelt oder von Morden oder anderen Dingen, die aber zwischen Stewart und St. Louis passieren und die ich tagtäglich zu sehen bekomme. Also was? Was könnte es dann sein?"

Dublin starrte sie an und überlegte, was er sagen sollte. „Wenn ich es dir sage, wirst du dann den Mund halten? Kannst du es hören und es dann sein lassen? Oder werde ich so lange davon hören, bis ich dich aus meiner Stadt rausschmeiße?"

Darian zog den Kopf zurück, offensichtlich verwirrt darüber, was Dublin wohl zu sagen gedachte. „Ich kann es versuchen", sagte sie schließlich.

„Nein. Entweder du kannst es, oder du kannst es nicht. Wenn du es nicht kannst, sind wir hier fertig. Wir haben zwei Leichen, schon vergessen?"

Darian sah ihn von oben bis unten an. Seine Haltung und sein Gesichtsausdruck verrieten, dass er keine Witze machte. Sie wusste, wann es Zeit war, kleinbeizugeben. „Ich kann es."

„Ich mache diesen Job schon sehr lange. Das wissen wir beide. Aber es ist einfacher, mit dir und den Entwicklungen Schritt zu halten, wenn ich nicht erst aufholen muss", erklärte er, trat um sie herum und ging zur Wache.

Darians Augen weiteten sich, als sie seine Bemerkung registrierte. Das war wahrscheinlich so etwas wie ein Kompliment, wie sie es von ihm nicht nochmal bekommen würde. Sie würde ihr Bestes tun, um es später für sich zu behalten, und sie hielt einen Moment inne, um sich selbst einen Schlag auf die Schulter und ein leises 'Gut gemacht, Mädchen' zu geben, bevor sie sich umdrehte und ihm folgte.

Auf dem Friedhof herrschte bereits Chaos. Dublin war wütend. „Woher kommen all diese Menschen?", fragte er und schrie seine Wut heraus.

„Sie sind mir gefolgt", antwortete Hannity, sichtlich verärgert.

„Warum?" fragte Dublin, wobei er den Ton in die Länge zog.

„Weil ich bei Mary Lou gefrühstückt habe", entgegnete Hannity. „Man kann nicht einfach einen Anruf bekommen, Geld hinlegen und losstürmen, ohne dass sich die Leute fragen, was los ist."

Dublin stöhnte auf. „Dann wollen wir mal loslegen", verkündete er und begutachtete das Gelände. Zwei Zelte waren bereits aufgebaut, nicht weit voneinander entfernt. „Wo fangen wir an?"

EJ trat aus dem näheren der beiden Zelte hervor und winkte sie zu sich. Als sie ihn erreichten, sprach er leise, da die Menge offensichtlich zu nah war für seinen Geschmack. „Wir haben zwei, wie Sie wissen. Dieses hier ist größer, aber nicht viel. Es hat auch eine Art Hügel darüber."

„Zeig es mir", erwiderte Dublin.

Im Inneren des Zeltes war der gewölbte Erdhaufen beachtlich. Er war sicherlich höher als die anderen. „Und du sagst, das andere sieht nicht so aus?" fragte Dublin.

„Nein. Ich zeige es Ihnen", sagte EJ, zog die Zeltklappe auf der anderen Seite zurück und hielt sie offen, damit die beiden hinausgehen konnten.

Auf der anderen Seite des Geländes, im anderen Zelt, war das frische Grab dem, das sie zuvor gesehen hatten, ähnlicher. „Irgendeine Idee, warum sie so verstreut sind?"

EJ zuckte mit den Schultern. Dann trat Gunner ein, gefolgt von Darian. Dublin hatte eingesehen, dass er sie nicht zurücklassen konnte, selbst wenn er es verlangt hätte, und hatte ihr erlaubt mitzukommen, sobald sie mit dem magischen Tamtam begonnen hatte, das sie an den Computern durchführen musste. Als alle drin waren, schaute er von Gesicht zu Gesicht und stellte Gunner dieselbe Frage: „Vermutungen, warum die nicht beieinander sind?"

„Keine einzige", fauchte Gunner zurück und schüttelte den Kopf.

EJ zuckte zusammen, als Gunner sich bückte und einen seiner weggeworfenen Strohhalme aus dem Boden zog, und sich wieder aufrichtete. „Das musst du dir abgewöhnen. Steck sie in deine Tasche, wirf sie in den Müll oder hör einfach auf. Ich habe die Taschen voll von diesen Dingern, und jetzt liegt einer in einem Grab", schimpfte er.

Gunner senkte den Kopf. „Tut mir leid."

Dublin verdrehte die Augen und wandte sich an Hannity. „Präferenzen?"

„Können wir beides gleichzeitig machen und schneller fertig werden? Die Menge wird nicht kleiner werden."

Dublin entging das Grinsen nicht, das Darian schnell versteckte. „Wir können."

EJ wurde hellhörig. Als er Gunner ansah, sah er aus wie eine Katze, die einen Kanarienvogel gefangen hat. „Ich habe Tickets für die Blues, wenn du diesmal das große Los ziehen willst", bot er mit einem schelmischen Grinsen an.

Sowohl Hannity als auch Dublin kicherten, wobei das Geräusch in ein unbeholfenes Husten überging, während Gunner bleich wurde. Eine ganze Minute später akzeptierte er schließlich, da er wusste, dass er wahrscheinlich keine weitere Chance bekommen würde, seine Karten zurückzuerobern. „Gut. Aber ich bekomme das Mädchen", sagte er und neigte den Kopf in Richtung Darian.

„Wie bitte?" wandte Darian mit großen Augen ein. „Mädchen?"

Gunner wurde rot. „Ich bitte um Entschuldigung. Ich verstehe, die Dame. Besser?"

„Nicht einmal annähernd."

Dublin kicherte und dämpfte das Geräusch mit seiner Hand, während er versuchte, so zu tun, als würde er sich den Mund abwischen. „Gibt es sonst noch Einwände?", fragte er.

Sie blickte auf das Grab vor ihnen, ohne das erste gesehen zu haben: „Ich nehme an, nicht."

Als sie gegangen waren, bemerkte Dublin einen seltsamen Ausdruck auf EJs Gesicht. „Was ist los?"

„Nichts." EJ zeigte auf den Grabstein neben dem frischen Grab. „Ich kannte sie."

Dublin hielt seine Hände hoch. „Wir können einfach tauschen, und du kannst den anderen übernehmen."

„Nein, ist schon gut. Geben Sie mir nur eine Minute. Ich muss sowieso mein Werkzeug holen. Ich habe es nicht mitgenommen, als ich die Zelte aufgebaut habe."

Als sie endlich loslegen wollten, hörte Dublin Darian rufen: „Eric! Du musst hierherkommen."

Als er das Zelt betrat, fand er sie am Rande des Haufens kniend vor, während Gunner daran arbeitete, ihn an einem Ende auszugraben. „Was? Du hast noch nichts freigelegt", stellte er das Offensichtliche fest und ärgerte sich erneut darüber, dass sie seinen Vornamen benutzt hatte.

„Das weiß ich, aber sieh dir das an. Kommen die dir bekannt vor?", fragte sie und zeigte auf Stiefelabdrücke in der Erde.

„Das sind Stiefelabdrücke."

„Ja, das weiß ich. Aber siehst du diesen gezackten Teil und diese zusätzlichen Abdrücke in den Profilen?", zeigte sie. „Das habe ich schon einmal gesehen."

„Wo?", fragte er, da er das Puzzle noch nicht zusammensetzen konnte.

„An einem der anderen Tatorte", sagte sie achselzuckend. „Ich zeige ihn dir im Büro. Aber können wir den hier gießen oder zumindest Fotos von den beiden Gräbern machen, bevor wir weitermachen?", fragte sie.

„Nur zu. Du hast ja eine Kamera."

Sie schnaubte und zückte ihr Handy, um Fotos zu machen, als Gunner den Umriss des Kopfes freilegte. Dublin wollte sich gerade zum Gehen wenden, aber er blieb stehen, als Gunner keuchte.

„Hast du etwas?", fragte er und ging zu dem Friedhofsgärtner.

„Das werden wir gleich wissen", erwiderte Gunner und bürstete schnell die lose Erde über dem Gesicht ab.

„Das ist..." begann Dublin und lenkte Darians Aufmerksamkeit von den Stiefelabdrücken ab.

„Wer?", warf sie ein.

„...Carl Strickland", beendete er.

Darians Augen weiteten sich. „Von der Justiz?"

„Ja."

„Ich würde gerne wissen, wo er gewesen ist", sagte sie sarkastisch.

„Warum sagst du das?" fragte Dublin und zog die Stirn in Falten, als er ihr gegenüberstand.

„Cal wird es wahrscheinlich bestätigen, aber er ist schon seit einer Weile tot. Die Haut ist nicht richtig für eine frische Leiche", sagte Darian, als wäre es offensichtlich.

Dublin drehte sich um und betrachtete das Gesicht erneut. Irgendetwas war daran sicherlich merkwürdig, aber er wäre nicht vorschnell zu diesem Schluss gekommen, nicht, wenn er nur das Gesicht gesehen hätte. „Ich werde es Hannity sagen. Cal sollte in Kürze hier sein. Später wissen wir mehr, denke ich. Zuerst will ich wissen, wer die andere Leiche ist."

„Wir haben das im Griff, Boss", entgegnete Gunner, nahm seinen Pinsel und nahm die Arbeit wieder auf.

HOLLYWOOD

Als Dublin das Zelt betrat, in dem EJ arbeitete, hielt er kurz inne. EJ war nicht bei der Arbeit. Tatsächlich war der Friedhofsgärtner auf allen Vieren und würgte in der Ecke des Zeltes. „Was ist mit ihm?", fragte er Hannity und zog die Klappe hinter sich zu.

„Ich weiß es nicht", antwortete Hannity mit einem Achselzucken. „Er hat es noch nicht gesagt. Er hat das ausgegraben...", er zeigte auf die Seite des Grabes, „dann sprang er auf, rannte in die Ecke und fing an zu würgen."

Mit zusammengekniffenen Augen versuchte Dublin zu erkennen, was EJ so aus der Fassung gebracht hatte. Er brauchte keine Erklärung für das, was er sah, sobald er erkannte um was es sich handelte. Es war eine Hand. Die Hand einer Frau. Die seltsame Position ließ ihn sofort vermuten, dass sie sich an die Oberfläche zu graben versucht hatte. Er musste zugeben, dass ihm bei ihrem Anblick selbst ein wenig übel wurde. Er trat wieder hinaus, ging zum anderen Zelt und steckte den Kopf hinein, anstatt einzutreten. „Darian, ich brauche dich nur eine Minute. Gunner, fünf Minuten Pause."

Darians Augen weiteten sich, und ihre Augenbrauen reichten ihr bis zum Haaransatz, als sie sich erhob. „Was ist los?"

„Ich will nur deine ersten Eindrücke", entgegnete er flüsternd, während sie zum anderen Zelt gingen.

„Okay." Sie zog fragend die Brauen zusammen. „Wirst du mir mehr erzählen?"

„Nein. Ich werde dich bitten, zu beobachten, und wir werden es außerhalb des Zeltes besprechen. EJ ist offensichtlich betroffen von dem, was hier passiert ist", antwortete er knapp in einem Flüsterton.

Als er wieder eintrat, hielt er die Klappe für Darian auf. EJ war immer noch in der Ecke, obwohl das Erbrechen aufgehört zu haben schien. Sie ging um das Grab herum, ließ die Schultern hängen und den Kopf sinken, als sie die Hand bemerkte. Sie bewegte sich von einer Seite zur anderen und betrachtete sie aus verschiedenen Blickwinkeln. Als sie aufblickte, nickte sie.

Zurück hinter der Plane gingen sie zu einem Punkt, der weit von den beiden Zelten entfernt war und hoffentlich nicht gehört werden konnte. „Was denkst du?" erkundigte sich Dublin.

Ihr Kopf neigte sich nach rechts und fiel dann nach links zurück. Sie wiederholte die Aktion, bevor sie antwortete. „Ich finde, es sieht nach Großstadt aus. Die Nägel sind manikürt und der Lack glitzert. Der Ring ist auch schick", sagte sie achselzuckend. „Ich glaube auch, dass sie noch nicht so lange tot ist wie Strickland. Die Haut sieht noch weich aus, nicht so trocken wie seine. Ich bin mir nicht sicher, ob ich eine Antwort darauf habe, warum sie am selben Tag auf dem Friedhof aufgetaucht sind, aber es sind völlig unterschiedliche Leichen", schloss sie.

Dublin nickte. „Ich stimme zu, was die verschiedenen Todeszeitpunkte angeht. Das ist mir mehr aufgefallen als ihre Maniküre."

„Ich bin sicher, Cal kann das genauer definieren", bot sie an.

„Einverstanden", sagte Dublin und kratzte sich am Bart. „Schrei, wenn du zuerst fertig bist. Wir müssen das hinter uns bringen und die Leichen hier wegschaffen."

"Wird gemacht."

Als er wieder in das andere Zelt zurückkam, was hoffentlich das letzte Mal sein würde, stellte Dublin fest, dass EJ seine Arbeit wieder aufgenommen hatte. Er war nicht krank, oder schien es nicht zu sein, aber Dublin bemerkte, dass er einen Schnupfen entwickelt hatte. Er hielt sich die Hand vor den Mund und beobachtete den Friedhofsgärtner bei seiner Arbeit. Schließlich konnte er nicht anders, er musste fragen: „Möchtest du uns etwas mitteilen?"

„Es ist Callie."

„Es ist Callie?" wiederholte Dublin und formulierte es als Frage. Irgendetwas in seinem Hinterkopf sagte ihm, dass er verstehen sollte, was ihm gesagt worden war, aber die Teile hatten sich noch nicht zusammengefügt.

„Callie Faire", erklärte EJ.

Dublins Augen weiteten sich und sein Kiefer klappte auf. Hannity warf einen Blick zur Seite und machte denselben Gesichtsausdruck. „Woher weißt du das?", fragte er herausfordernd und hoffte, dass der Friedhofsgärtner sich irrte.

EJ wippte auf seinen Fersen zurück und stieß seine Füße nach vorne, um sich auf den Boden zu setzen. Er legte die Bürsten beiseite, wischte sich die Hände ab und strich sich mit einer über das Gesicht. „Dieser Ring...", er neigte den Kopf in Richtung seiner Hand. „Ich habe ihn ihr geschenkt", schnaubte er. „Eigentlich habe ich ihn ihr sogar zweimal gegeben."

Dublin tappte im Dunkeln und er wusste es. „Hol mich hier ab, EJ. Ich kann dir nicht folgen."

EJ stieß einen schweren Seufzer aus. Er zog einen ebenso lauten, wie tiefen Atemzug durch seine Nase ein. „Ich wusste, dass er perfekt war, als ich ihn sah. Er passte zur Farbe ihrer Augen. Ich wollte sie zum Abschlussball einladen, aber es war nur der Abschlussball, und...", er zuckte mit den Schultern, „sie war mit jemand anderem zusammen."

Dann hörte er auf, Dublin anzuschauen, und sein Blick fiel auf die Zeltwand, die er aber offensichtlich auch nicht sah, als er sprach. „Ich konnte nicht anders. Sie sah aus wie ein Engel, auch wenn sie nur die Homecoming Queen war. Sie kam die Treppe herunter, nachdem sie ihre Krone bekommen hatte. Ich bin über mich selbst gestolpert, als ich ihn ihr geben wollte. Sie muss mich für einen Verrückten gehalten haben."

Er fuhr weit entfernter Stimme fort. „Sie nahm ihn, nannte ihn ein Spielzeug und warf ihn nach mir", gluckste er und kehrte in die Gegenwart zurück. Mit einem Blick auf Dublin drehte er seine Wange und deutete auf eine lange, unauffällige, leicht andersfarbige Kratznarbe in seinem Gesicht in der Nähe seines Ohrs.

„Du sagst, du hast ihn ihr zweimal gegeben?" drängte Dublin und wollte wissen, wie er jetzt wieder an ihrer Hand war.

EJ leckte sich über die Lippen, hustete und schniefte laut. Er deutete auf den Grabstein, den er zuvor identifiziert hatte, und begann. „Das ist Emily. Emily Davis. Die Mutter von Callie. Sie ist vor einigen Jahren gestorben", er hielt inne. Seine Lippen verzogen sich, als er sich wieder fasste.

„Callie war schon lange weg, sie feierte ihr großes Debüt als Statistin in einem Film, an dem sie gerade arbeitete.

Ich hatte nicht erwartet, dass sie zur Beerdigung hier sein würde. Sie standen sich nicht wirklich nahe, zumindest nicht, dass ich wüsste. Ich hatte immer noch den Ring, und ich dachte... ich dachte, es wäre vielleicht so, als wäre Callie hier, also brachte ich ihn an diesem Tag mit zur Trauerfeier. Ich wollte ihn in den Sarg legen, als ich ihre Mutter beerdigte." Er sah mit rot geränderten und feuchten Augen auf.

„Aber das Schicksal ist grausam", fuhr er fort, bevor Dublin eine Frage stellen konnte, „sie war hier. Sie saß in der ersten Reihe, ganz allein, und sie war hier, als ich auftauchte. Ich beobachtete sie bei der Beerdigung und war überrascht, sie weinen zu sehen. Ich war noch mehr überrascht, wie wenige Leute tatsächlich anwesend waren. Callie nicht, sie stand auf und bedankte sich bei den wenigen echten Freunden ihrer Mutter. Sie war an diesem Tag die einzige Familie hier."

Dublin schüttelte den Kopf und konnte Emily Davis in seinen Gedanken nicht einordnen. Er machte eine mentale Notiz, die Aufzeichnungen später zu überprüfen. „Du hast ihr also den Ring gegeben?"

EJ gluckste und schüttelte den Kopf. „Nein, anfangs nicht. Ich dachte immer noch, dass ich ihn mit ihrer Mutter begraben würde. Ich bezweifelte ernsthaft, dass Callie eine Ahnung hatte, wer ich war. Aber, Überraschung, Überraschung... als der Pfarrer aufhörte und ich rüberkam, um den Sarg herunterzulassen, hat sie mich offensichtlich erkannt. Sie war die Einzige, die blieb. Sie überraschte mich, als sie sich entschuldigte. Ich hatte nicht erwartet, dass sie mich kennt, geschweige denn mit mir spricht, aber sie tat es.

„Als es an der Zeit war, den Deckel zu schließen, habe ich gezögert. Ich konnte es nicht tun. Ich habe ihn für Callie gekauft, nicht für ihre Mutter. Ich steckte ihn in meine Tasche. Ich dachte, sie würde gehen, sobald es fertig war, aber das tat sie nicht. Sie blieb, bis ich das letzte Stückchen Erde mit meiner Schaufel festgestampft hatte, und bedankte sich bei mir. Ich... Ich habe nur meine Arbeit gemacht.

„Danach kam sie wochenlang jeden Tag zurück. Manchmal sah ich sie, manchmal nicht. Aber ich konnte immer erkennen, dass sie da war... also hier", korrigierte er

„Das nächste Mal, als ich sie sah, außer die Male im Kino, kam sie zu mir rüber, als ich ein anderes Grab zu schließen begann. Sie bat mich, mich um ihre Mutter zu kümmern, da das niemand sonst hier tun würde."

Er zuckte mit den Schultern. „Was sollte ich tun? Natürlich habe ich ja gesagt. Sie bot mir Geld an. Ich sagte nein. Das ist mein Job. Sie entschuldigte sich erneut dafür, dass sie vor all den Jahren so gemein zu mir war. Als Trottel, der ich bin, hatte ich den Ring bei mir und habe ihn ihr wieder angeboten."

„Und sie ist gegangen?" fragte Dublin und dachte, die Geschichte sei zu Ende, als EJ aufhörte zu reden.

„Nein. Sie blieb eine Weile hier. Stunden, nicht Tage oder so", stellte er klar. „Sie sagte, sie müsse zurück an die Arbeit. Aber bevor sie ging, sagte sie, sie würde den Ring behalten. Sie konnte nicht glauben, dass er echt war. Sie sagte, er sei das einzig Echte, das sie jetzt noch hätte. Sie hatte noch nie einen grünen Amethysten gesehen", sagte er achselzuckend und verzog die Lippen zu einer harten Linie. „Ich hatte nicht den Mut, ihr zu sagen, warum ich ihn ausgesucht hatte."

Dublin schwieg und wartete ab, ob noch etwas kam. Es kam nichts mehr. EJ schniefte einige Male und nahm die Bürste wieder auf, bevor Dublin ihn unterbrach: „Kannst du weitermachen?"

EJ schnaubte spöttisch. „Ich bin ein Friedhofsgärtner. Dies ist mein Friedhof. Wir schotten unsere Gefühle hier jeden Tag ab. Ich kann das zu Ende bringen", antwortete er mit weitaus mehr Bravour, als seine schwankende Stimme verriet.

Dublin nickte und streckte beide Hände in sanfter Kapitulation aus. „Also gut. Aber wenn sich das ändert, sagst du mir Bescheid, ja?"

„Das wird es nicht."

PRESSE

Trotz des späten Tagesbeginns war Dublin erschöpft, als das Abendessen anstand. An seinem Schreibtisch sitzend, sah er durch die Glasscheibe die nationalen Nachrichten. Er achtete nicht besonders darauf und dachte stattdessen beim Essen nach, als das Eingangstor des Howard Community Friedhofs über den Bildschirm flimmerte. Er konnte den Sprecher nicht hören, aber die Schlagzeile war groß und fett gedruckt. *'Hometown Sweetheart tot im flachen Grab'*. Sein Biss in das Brötchen wurde fast zu einem Geschoss.

„Um alles in der Welt, wer zum Teufel hat mit der Presse gesprochen?", rief er, als er sich von seinem Stuhl erhob.

Darian kam bei dem Geschrei aus der Garage gelaufen. „Wen meinst du...?", begann sie und bemerkte abwesend die Reste seines Abendessens auf seinem Schreibtisch, ihre Hände flogen mit einem Schulterzucken nach oben. „Ist dir in den Sinn gekommen, dass noch jemand hungrig sein könnte?"

Dublin zeigte auf die Tüte, die auf Tiffanys Schreibtisch vor der Tür lag. „Ich habe dich zweimal gerufen. Ich mache keine gravierten Einladungen zum Abendessen. Das Essen ist da drin. Und jetzt antworte mir. Wer zum Teufel hat mit der Presse gesprochen?"

„Wovon redest du?", fragte sie und sah zwischen ihm und der Tüte auf Tiffanys Schreibtisch hin und her, ohne den Zusammenhang zu erkennen.

Dublin schlug mit der geöffneten Handfläche auf den Schreibtisch und hob ihn anschließend bis zum Fernseher hoch, wo die Geschichte gerade mit einer Schlusseinstellung endete, so wie sie begonnen hatte, nämlich mit den Eingangstoren des Friedhofs. „Das! Das ist es, wovon ich spreche. Es ist in den verdammten nationalen Nachrichten. Wer hat mit der Presse gesprochen?"

Darians Blick folgte seinem Arm zum Fernseher hinter der Glaswand. Sie war genauso schockiert wie er anscheinend auch. „Ich habe keine Ahnung", sagte sie und drehte sich zu ihm um, die Hände erhoben, um den Abstand zwischen ihnen zu wahren. „Ich war den ganzen Tag bei dir oder in der Garage, um das Videoband wieder zusammenzusetzen. Ich war es nicht. Wer sollte es sonst gewesen sein?"

Dublin schnaubte und drehte sich auf dem Absatz um, um die kurze Länge der Glaswand entlangzulaufen. Als er sich umdrehte, bemerkte Darian, dass sein Blutdruck hoch war, denn sein Gesicht war fast purpurrot. „Die halbe Stadt war heute da draußen. Es könnte jeder sein. Das ist nicht das Problem. Wir waren nicht in der Lage, die nächsten Angehörigen zu identifizieren, geschweige denn, sie zu be nachrichtigen... und es ist in den nationalen Nachrichten?", rief er und konnte sich kaum noch beherrschen. „Kann das noch schlimmer werden?"

Darian wollte sich dazu äußern, überlegte es sich aber anders. Irgendwie war seine Frage nicht wirklich eine Frage. Er war wütend. Sie konnte sich nicht erinnern, ihn jemals so wütend gesehen zu haben. Wer auch immer das Protokoll übersprungen hatte, die Familie zu benachrichtigen oder ihr Zeit zu geben, benachrichtigt zu werden, bevor es sich über jedes Fernsehgerät in Amerika verbreitete, war gerade in das Fadenkreuz von Eric Dublins scharfem, präzisem und weitreichendem Blick geraten. Jemand würde ein Stück seines Arsches vermissen, und das sehr bald. Sie war nur froh, dass sie es nicht war.

Als die nationalen Nachrichten endeten, hörte sie aus der Ferne das vertraute Trompeten-Intro für den Insider. Sie hätte schneller nachdenken sollen, aber sie war schnell im Eindämmungsmodus, als es in der Headline auch um den Tod von Callie Faire ging. Zugegeben, der Moderator Tyrone Ramius beschönigte die Details. Er hatte auch keine Weitwinkelaufnahme oder B-Rolls von Howard in der Story. Es war nicht so schlimm wie Weltnachrichten, aber es war schlimm genug. Darian war besorgt, dass eine weitere Schlagzeile Dublins Kopf explodieren lassen würde, und sie die graue Substanz vom Glas abwischen müsste.

Ein langer, außerordentlich schwieriger Tag hatte sich gerade in einen unendlich heiklen Tag verwandelt. Da die Hollywood-Presse und die Weltnachrichten bereits über die Geschichte berichteten, würde Howard zu etwas werden, was es nie gewesen war: ein bevorzugtes Reiseziel. Sie mussten schnell arbeiten, schneller als bisher, und bei der Zahl der Leichen, die in so kurzer Zeit aufgetaucht waren, hatten sie bereits ein ziemlich hohes Tempo vorgelegt. Dublin würde sie mehr denn je brauchen. Sie wusste es, war aber klug genug, diese Erkenntnis für sich zu behalten.

Cal rief um zehn Uhr an. Darian drängte Dublin zur Hintertür hinaus, bevor er das Gespräch annehmen konnte. Er hatte sich endlich von seinem vorherigen Ausbruch beruhigt. Eine Wiederholung würde nichts und niemanden weiterbringen. Wenn Cal Neuigkeiten hatte, war jetzt der beste Zeitpunkt, sie einzuholen.

Sie war gespannt, als Dublin munter wurde, während sie den langen Flur zum Autopsieraum betraten. Dublins Laune hob sich plötzlich ohne ersichtlichen Grund, als ob die Weltuntergangsuhr eine Minute zurückgestellt worden war. „Was ist los?", fragte sie, unfähig zu widerstehen.

„Kein Anzug", trällerte Dublin und grinste von Ohr zu Ohr.

„Wenn du zufrieden bist, Boss, bin ich es auch. Kein Anzug", stichelte sie zurück und konnte nicht ganz folgen.

Er blieb auf halbem Weg stehen, packte sie am Ellbogen und drehte sie zu sich um. „Weißt du noch, wie wir Kestle gefunden haben?"

„Ja", bestätigte sie.

Er hob eine Augenbraue, als er sie anblickte: „Zwei Worte, Darian. Vollständiger. Schutzanzug."

Dann verstand sie es. „Mit Atemschutzmaske und so?", fragte sie mit großen Augen. Sie hätte viel Geld bezahlt, um das zu sehen. Sie behielt diesen Gedanken für sich.

„Jetzt verstehst du es", zwinkerte er. „Ein Raumanzug mit allem Drum und Dran", nickte er. Er winkte den leeren Gang hinunter und hob die Brauen. „Siehst du einen PSA, der auf uns wartet?"

Sie folgte seinem Blick und kehrte dann mit einem breiten Grinsen zu seinem Gesicht zurück. „Aber nein, das tue ich nicht."

„Dann kannst du sicher verstehen, warum ich im Moment ein glücklicher Mann bin."

Bevor sie antworten konnte, steckte Cal seinen Kopf durch die Tür des Autopsieraums und pfiff. „Habt ihr zwei vor zu heiraten, oder habt ihr vor, in nächster Zeit hierher zu kommen? Ich beobachte euch auf dem Monitor, seit ihr durch die Vordertür gekommen seid. Es ist schon spät. Bringen wir die Sache hinter uns."

Darian kicherte. Dublin stöhnte. Sie, weil sie wusste, dass er über Cals Kommentare nicht amüsiert sein würde. Er, weil er es absolut nicht war. Sie machten sich schnell auf den Weg zu dem Ort, an dem Cal wartete, und bemerkten durch das Fenster, dass beide Körper unter Laken aufgebahrt waren. Für Darian war das keine Überraschung. Für Dublin war es eine neue Entwicklung. Fast jeder andere Körper war allein aufgebahrt worden.

„Wer hat geplaudert?", begann Cal.

Darians Augen weiteten sich, bevor sie sie verdrehte und Cal mit einem harten Blick ansah. „Niemand weiß es. Aber ich kann dir sagen, dass jemand in großen Schwierigkeiten steckt", antwortete sie für beide.

Dublin kämpfte mit einem Knurren, das bei Cals Frage in seiner Brust widerhallte. „Was sie gesagt hat", brachte er schließlich hervor.

„Verstanden", antwortete Cal und ging auf die andere Seite der Tische. „Präferenzen?"

„Entscheidung des Vorkosters", winkte Dublin ab und nutzte Cals frühere Bemerkung gegen ihn.

„Fangen wir mit Strickland an", sagte Cal und trat nach links. „Versteh mich nicht falsch", er hob eine Hand, „beide Fälle sind interessant und sehr unterschiedlich, aber dieser hier fasziniert mich."

Darian und Dublin wichen nach rechts aus und stellten sich Cal gegenüber. „Wenn es dich interessiert, dann bin ich beeindruckt. Ich hätte nicht gedacht, dass das noch passiert", stichelte Dublin, wobei er es nur schaffte, bissig zu klingen. Er war noch nicht ganz über den Pressebericht hinweg.

Als das Tuch zurückgezogen wurde, betrachtete Dublin Carl Strickland von den Schultern aufwärts. Er bemerkte es sofort und sah scharf zu Cal auf, der nickte: „Ja. Du siehst richtig."

„Passt es?"

Darian stampfte mit dem Fuß auf und hielt ihre Hand mit gespreizten Fingern zwischen den beiden hoch. „Moment mal! Euer Steno-Spiel ist zwar interessant zu beobachten, aber eure Kurzschrift kenne ich nicht. Worüber reden wir eigentlich?"

Dublin zeigte auf die Strangulationsspuren an Carl Stricklands Hals. Das Striemenmuster war ihm und Cal von den früheren Opfern bekannt. Er nahm an, offensichtlich fälschlicherweise, dass Darian sie bereits kannte. „Diese Striemen entsprechen denen, die man bei dem Jungen und auch bei Murdock gefunden hat. Sie stammen von einem Gürtel, einem doppelzackigen Gürtel mit Schnalle, um genau zu sein. Culleroy und Murdock trugen beide einen. Bisher wurde nur der von Culleroy als Mordwaffe bestätigt."

Darians Gehirn setzte sich in Bewegung. Sie erinnerte sich, von den Strangulationsspuren gelesen zu haben, aber sie hatte das Muster nicht gesehen. „Okay. Ich bin jetzt bei euch. Fahr fort."

Cal begann auf Dublins frühere Frage zu antworten. „Das Muster passt. Aber es ist weder von Culleroy noch von Murdocks Gürtel."

„Verdammt", zischte Dublin barsch.

Cal schmunzelte. „Noch nicht *verdammt*."

Dublin hob die Augenbrauen. „Noch nicht?"

Cal zog das Laken weiter über den Körper. Da er seine Hose noch anhatte, zuckten Darian und Dublin zusammen, als sie seinen Gürtel sahen. Darian erholte sich zuerst. „Passt der dazu?"

„Die Kandidatin hat hundert Punkte", trällerte Cal.

„Ich will verdammt sein", murmelte Dublin. „Sind noch andere Zellen vorhanden?"

Cal schüttelte den Kopf. „Ich hatte noch keine Zeit, ausgiebig danach zu suchen. Ich dachte, die erste Enthüllung würde dir gefallen."

„Ich würde mich mehr über ein paar Antworten freuen", antwortete Dublin sarkastisch.

„Ich weiß. Da bin ich mir sicher", plapperte Cal und wedelte mit der Hand, damit Dublin wartete. „Ich habe welche."

„Zum Beispiel?"

Cal reagierte nicht sofort. Stattdessen griff er über den Tisch, legte seine Hände um den Oberarm, zog und hob den Oberkörper und die Schultern vom Tisch. „Könnt ihr darunter sehen?"

„Es sind dieselben Zeichen", rief Darian aus.

„Das sind sie, aber sie sind es auch nicht", entgegnete Cal und legte den Körper wieder ab. „Gleiches Werkzeug, andere Bewegung. Die Abdrücke an der Kehle waren vom Würgen, die Abdrücke auf dem Rücken waren eher eine Peitschenbewegung oder möglicherweise eine Hebebewegung."

„Willst du damit sagen, dass er gehängt wurde?" fragte Dublin und schüttelte den Kopf. „Müsste man ihm nicht das Genick brechen?"

„Nicht hängen, wie mit einer Schlinge. Hochgezogen… wie für eine Weile aufgehängt. Der Verfärbung nach zu urteilen, würde ich sagen, nach dem Tod oder kurz davor. Die Haut hat den größten Teil ihres Feuchtigkeitsgehalts verloren, und die Blutergüsse sind undeutlich. Das Fehlen von Leichenflecken würde auf einen Tod vor Tagen hindeuten", fasste Cal zusammen.

„Vor wie vielen Tagen?" fragte Darian. „Wie passt das in die Zeitlinie?"

Cal schüttelte den Kopf, offensichtlich war er sich noch nicht sicher. „Vier Tage, vielleicht. Das hängt von den Bedingungen ab. Die Leiche von Kestle stammt etwa aus der gleichen Zeit. Aber eingeschlossen, in dem warmen Haus, ohne Luftzirkulation", Cal fuhr mit der Hand an Stricklands Körper entlang, „ein ganz anderes Ergebnis."

Dublins Gesicht war verzerrt, wie Darian aus dem Augenwinkel bemerkte. Er war am Verarbeiten. Als er schließlich sprach, war es überraschend kurz und bündig. „Morgen noch mehr Tests?"

„Weitere Tests morgen", bestätigte Cal.

„Weiter", rief Dublin, während er sich zum anderen Tisch begab.

Cal zog das Laken über Strickland zurück, während er sich zu Callie bewegte. Als er sie erreichte, zog er das Tuch bis zu ihren Schultern zurück, aber nicht weiter. Er sah Dublin eindringlich an, bevor er begann: „Das wird auch sehr vertraut sein."

„Strangulation oder Punktierung?"

„Sieh selbst", Cal deutete auf die Kehle.

Darian sah nach, konnte aber keine Markierungen erkennen. „Ich sehe hier keine Strangulationsspuren", erklärte sie.

Dublin schüttelte den Kopf. „Das ist so, weil es keine gibt. Siehst du die?" Er zeigte auf mehrere verfärbte Stellen an ihrem Hals, unter und hinter ihrem Ohr.

„Ja."

„Sieh genauer hin", wies er an.

Darian blinzelte. Sie hatte in ihrem Leben schon genug Überdosen gesehen, um eine Nadelspur zu erkennen. Diese hier waren anders, aber nicht wesentlich. „Ich nehme an, dass sie sich das nicht selbst zugefügt hat."

„Das glaube ich nicht", erwiderte Cal. „Nach den Blutergüssen an den Eintrittsstellen zu urteilen, würde ich auf die Hand eines anderen schließen, und zwar mit Gewalt."

„Was denkst du, was sie ihr gegeben haben?" fragte Darian und bemerkte, wie Cal und Dublin einen Blick austauschten, bevor Dublin das Wort ergriff.

„Ist es das?"

Cal nickte Dublin zu, bevor er Darian antwortete: „Insulin."

„Insulin?!"

Nach einer kurzen Erklärung über die Auswirkungen von Insulin auf Nicht-Diabetiker ergab es mehr Sinn. Sie war aber immer noch nicht ganz bereit, es zu akzeptieren. „Wer würde auf die Idee kommen, Insulin als Mittel zum Mord zu verabreichen? Ich meine, wirklich? Wer tut so etwas? Es ist so verworren und weit hergeholt."

Cal schnaubte. „Wer denkt schon dran einen Mord zu begehen, bis es passiert? Wer dachte daran, Abflussreiniger zum Auflösen von Leichen zu verwenden, bis es passierte? Wer dachte an Glasreiniger als Gift für Kleinkinder, bis es passierte? Ich behaupte nicht, dass dies kalkuliert oder geplant war, aber es ist passiert. Zumindest ist es in diesem Fall schon mehrmals passiert."

Darians Augen wurden groß. „Ich muss die Autopsieberichte aus diesen Akten lesen. Ich war so sehr mit der technischen Seite beschäftigt, dass ich die menschliche Seite übersehen habe. Ich bitte um Entschuldigung."

Dublin schluckte schwer. Es war nicht allein Darians schuld, dass sie nicht alle Informationen hatte, bevor sie heute Abend hier ankamen. Wenn er ehrlich zu sich selbst war, wäre er wahrscheinlich ohne die Nachrichten heute Abend allein gekommen, anstatt dass sie ihn quer durch die Stadt zum Büro des Gerichtsmediziners gefahren hätte. Er war sich nicht zu schade, seine Rolle zuzugeben. „Ich habe dich auf andere Dinge angesetzt. Ich bin sicher,

du hättest das mitbekommen und wärst auf dem Laufend-
en geblieben, wenn du Zeit gehabt hättest, die Berichte zu
lesen. Du brauchst dich nicht zu entschuldigen."

Cal verdrehte die Augen und schnaubte. „Jetzt, wo ihr
euch versöhnt habt, willst du den Rest von dem, was ich
dir erzählen kann? Oder willst du das morgen hören?"

„Mach einfach weiter", forderte Dublin. „Es ist spät."

„Okay", nickte Cal und bewegte das Tuch so, dass es an
Callies Kehle ruhte. „Ich werde morgen die Lunge untersuchen, aber wie Culleroy glaube ich nicht, dass sie tot war,
als sie begraben wurde. Ob der Täter das wusste oder nicht,
kann nur er sagen. Sie hat Erde in der Nase, im Rachen und
hinter dem Gaumensegel. Auch unter ihren Fingernägeln
befindet sich Erde.

„Ich denke jedoch, dass sie im Gegensatz zu Culleroy
nicht bewusstlos oder handlungsunfähig blieb, sobald sie
begraben war. Ich glaube, sie wurde wach, war fähig und
versuchte, sich den Weg nach draußen zu krallen. Sie hat
es nicht geschafft."

Darian schloss ihre Augen. Lebendig begraben zu werden, musste einer der schrecklichsten Tode sein, die man
sich vorstellen konnte. Sie kannte Callie Faire nicht. Sie
war auch kein Fernseh- oder Filmfan, um das Gesicht
wiederzuerkennen. Aber sie erkannte eine junge Frau...
eine, die noch Jahrzehnte zu leben gehabt hätte.

Was hatte sie getan, um ein so schreckliches Schicksal
zu verdienen?

GEKNACKT

Darian stolperte den Flur hinunter und versuchte, ihren Kaffee nicht zu verschütten. Als sie im Büro des Gerichtsmediziners fertig waren und sie nach Hause gefahren war, war es weit nach Mitternacht. Die wenigen Stunden Schlaf vor der Rückfahrt waren unruhig gewesen. Sie hatte wiederholt, mit dem Atmen gekämpft und war mit dem Gefühl, lebendig begraben zu werden, aufgewacht. Selbst im Traum war es schrecklich.

Noch bevor die Sonne aufging, wusste sie, dass sie keinen Schlaf bekommen würde, also zog sie sich an, füllte zwei Reisebecher und machte sich auf den Weg nach Howard. Diese Fälle mussten abgeschlossen werden. Und zwar sofort. Sie ließ sich in den Stuhl gleiten und drückte auf den Einschaltknopf an jedem der Computer. Es musste einen Weg geben.

Stunden später glaubte sie, Tiffany oder Dublin vorne zu hören. Sie machte sich nicht die Mühe, „Guten Morgen" zu sagen. Sie würden ihr Auto gesehen haben. Sie war bei Culleroys Systemen auf so viele Firewalls gestoßen, dass sie sie zwar hochfahren ließ, sonst aber nichts machte. Strickland war wahrscheinlich genauso sicherheitsbewusst, also ließ sie auch seinen Laptop und seinen Heimcomputer beiseite.

Heute hoffte sie, in Murdocks System zu gelangen. Sie wusste von seinem Zuhause, dass es ihm mehr um Eindrücke als um tatsächliche Dinge ging. Darian hoffte, dass dies auch für seinen Computer gelten würde, der gestern mit Verspätung eingetroffen war.

Oberflächlich betrachtet schien er beeindruckende Schutzmechanismen zu haben, aber sie waren kommerziell, nicht professionell. Wie es der Zufall wollte, kannte Darian die Hintertür zu einem der Programme, die er laufen ließ. Als sie es öffnete, war sie schockiert, aber nicht übermäßig überrascht, eine lächerliche Anzahl von ungeschützten Dateien zu finden. Als sie seine Kontakte überflog, rief sie fast: *„Erwischt!"*, als sie Strickland und Culleroy in seinen E-Mail-Adressen fand.

Interessanterweise benutzten beide Adressen denselben, obskuren Server. Sie blätterte durch den Rest der Kontaktliste und suchte nach anderen Personen, die denselben Anbieter hatten. Es waren weit mehr, als sie erwartet hätte.

Sie ging zu ihrem Ghost-Terminal, rief den Provider auf und richtete ein Konto ein. Zurück an Murdocks Computer verfasste sie eine Gruppen-E-Mail und kopierte ihre neue Adresse ins BCC. „An manchen Tagen verblüffe ich mich sogar selbst", flüsterte zu sich selbst, während sie eine Sabotage-Datei, die sie vor einiger Zeit von einem Computertechniker erhalten hatte, in den Text der E-Mail einfügte.

Sie hatte gerade erst die Müdigkeit abgeschüttelt, als sie auf Senden klickte und darauf wartete, dass der Computercode sein Werk tat und die anderen Computer auf den Tischen um sie herum freischaltete. In der Vergangenheit hatte das Minuten bis Stunden gedauert, aber das Warten hatte sich immer gelohnt. Angesichts des Verschlüsselungsgrades auf den Rechnern wettete sie darauf, dass es bis zum Nachmittag dauern würde, bis sie sich öffnen ließen.

Sie summte vor sich hin, während sie sich der Videokassette von dem Kestle-Anwesen zuwandte, an der sie sporadisch gearbeitet hatte. Sie wusste bereits, dass die meisten Bilder stark verzerrt, wenn nicht sogar völlig unbrauchbar sein würden. Sie hoffte, dass ein paar Bilder übrig blieben, die man sich ansehen konnte und die hilfreich waren. Das erneute Aufspulen des Bandes war mühsam und zeitaufwändig. Es war bereits stark beschädigt. Es weiter zu zerkleinern, war vielleicht nicht möglich, aber vorsichtshalber arbeitete sie mit weichen Handschuhen Millimeter für Millimeter, um es wiederherzustellen, in der Hoffnung, dass es sich abspielen ließe, wenn sie vorsichtig war. Wenn nicht, musste sie es sich unter dem Mikroskop ansehen, Bild für Bild. Das würde sie tun, wenn es sein musste.

Als Dublin vorbeikam, informierte sie ihn über die Fortschritte und ihre Aktionen mit dem Computercode, den sie zuvor per E-Mail geschickt hatte. Es war fast Mittagspause. Sie war hungrig, aber sie wollte nicht gehen. Sie bestellten etwas zum Liefern und beobachteten die Bildschirme in Vorfreude auf den Moment.

„Bist du sicher, dass dieser Code funktioniert?" fragte Dublin und schaute skeptisch, als er den Müll ihres Mittagessens wegwarf.

„Es hat mich noch nie im Stich gelassen", sagte sie achselzuckend. „Manchmal dauert es eine Weile. Angesichts der Schutzschichten einiger dieser Rechner habe ich fast Angst zu erfahren, was sie verbergen."

„Gutes Argument", räumte er ein, als er aufstand. „Keine Möglichkeit einer Ausfallsicherung?"

„Es ist möglich", gab sie zu. „Aber ich würde nicht darauf wetten. Ich glaube nicht, dass sie jemals dachten, sie würden erwischt oder kompromittiert werden. Ich glaube, sie waren arrogant und verließen sich auf ausgeklügelte Systeme, um ihre Geheimnisse zu bewahren. Arroganz kennt keine Ausfallsicherung", kommentierte sie.

„Ist das die Stimme der Erfahrung?", stichelte er.

„Ha. Ha. Ja, aber nicht meine. Die Techniker rühmen sich, erfolgreich zu sein, weil Kriminelle oder Leute mit Geheimnissen nie jemanden erwarten, der schlauer ist als ihr Programm."

„Ich hoffe, du hast Recht", sagte Dublin und ging zurück ins Büro.

„Ich auch", antwortete Darian, nachdem er gegangen war und sie nicht mehr hören konnte.

Als das Programm funktionierte, geschah alles auf einmal. Alle Monitore auf den Schreibtischen um sie herum leuchteten zur gleichen Zeit auf. Auf jedem leuchtete die Eingabeaufforderung für den Benutzernamen und das Passwort auf und wartete auf ihre Eingabe.

Diesmal rief sie: „HAB DICH!!!"

Dublin, Bud und sogar Tiffany kamen im Eiltempo. „Was soll das Geschrei?", rief Dublin, als er durch die Tür kam.

Darian wartete. Sie stand in der Mitte der U-förmigen Tische, die Arme vor der Brust verschränkt, ein breites Grinsen auf dem Gesicht, und trat zur Seite, als die drei kurz vor den Monitoren standen, die alle das gleiche Bild zeigten. „Überzeug dich selbst", verkündete sie stolz.

Sie genoss den Schock, der sich auf allen drei Gesichtern abzeichnete, und der sie verstummen ließ. Bud erholte sich zuerst. „Du hast es geschafft?"

„Das habe ich."

„Verdammt!" rief Dublin. „Hoffen wir, dass es das wert war."

Darian ging von Computer zu Computer, um den Benutzernamen und das Passwort einzugeben, die den Zugang zu jedem System gewähren würden. Tiffany kehrte zur Rezeption zurück, aber Bud und Dublin knieten sich jeweils vor einen Rechner. „Wonach suchen wir?"

Darian konnte sich ein Kichern nicht verkneifen. „Alles. Irgendetwas. Die Dateien sind jetzt alle offen. Ich würde in E-Mails oder Dokumenten anfangen", wies sie an, „es sei denn, ihr seht eine Datei oder ein Symbol auf dem Desktop, auf dem 'belastendes Beweismaterial' steht."

„Ha. Ha", schimpfte Dublin.

Es dauerte Stunden, aber bevor sie für die Nacht Feierabend machten, hatten sie mehr Informationen, als sie zu verarbeiten wussten. Jede verdächtige E-Mail, jeder Kauf und jede Datei, die sich auf eines der anderen Opfer bezog, wurden gespeichert und an eine bestimmte E-Mail weitergeleitet, um sie für den Fall zu sammeln. Es gab Tage voller Videodateien, die überprüft werden mussten. Sie würden damit beginnen, nachdem sie ausgeschlafen hatten und nachdem das einzige Familienmitglied, das sie für Callie Faire finden konnten, am Morgen benachrichtigt worden war.

Darian schloss Sicherungslaufwerke an jedes der Systeme an und begann mit dem Auslesen. Bis zum Morgen würde alles von jedem einzelnen Rechner für die Zukunft gesichert sein, falls es nötig werden sollte. Sie wollte auf keinen Fall riskieren, Daten zu verlieren, jetzt wo sie Zugang hatten.

NÄCHSTE ANGEHÖRIGE

Darian gähnte, als Dublin zum Haus von Kirk Davis fuhr. Seine Adresse lag in Howard County, aber das Haus befand sich auf der anderen Seite der Grenze in Walworth. Das war eine wirklich merkwürdige Situation, die Dublin nicht bewusst gewesen war. Allerdings gab es entlang der Bezirksgrenze eine ganze Reihe von Grundstücken, bei denen die Grenze im Zickzack verlief, um Grundstücke zu berücksichtigen, die bereits vor der Grenzziehung existierten.

Davis war am späten Nachmittag des Vortages identifiziert worden, aber als die Computer alle zusammen ansprangen, hatte Bud das Papier in seine Tasche gesteckt und erst spät am Abend daran gedacht, Dublin zu informieren.

Die Entscheidung wurde sorgfältig abgewogen. Einerseits hatten die nationalen Nachrichten bereits Callies Identität veröffentlicht. Auf der anderen Seite sollte die Familie persönlich informiert werden. Gab es eine angemessene Zeit, um jemandem mitzuteilen, dass sein geliebter Mensch gestorben war? Oder würden sie, wenn sie es bereits wussten, wütend oder dankbar sein, wenn man sie am späten Abend persönlich besuchen würde?

Sie stimmten ab. Am Morgen war es soweit. Darian und Dublin würden zusammen gehen. Da sie nicht wussten, wie Mr. Davis normalerweise reagierte, waren sie auf

einen Kampf oder einen völligen Zusammenbruch vorbereitet.

Als sie in die Einfahrt einfuhren, war alles auf dem
Grundstück in einem desolaten Zustand. Die Fenster-
läden hingen an verrosteten, abgenutzten Scharnieren
an den Fensterrahmen, die aussahen, als würden sie jeden Moment nachgeben, während das verzogene Holz in
der sanften Brise schwankte und abwechselnd gegen das
Haus schlug oder an den Fenstern abprallte. Als sie sich
näherten, stellten sie fest, dass es offensichtlich weiche
Stellen und Löcher in den Stufen zur Tür gab. Die Tür
selbst sah aus, als könnte sie genauso gut in einen Split-
terhaufen zerfallen, anstatt stehen zu bleiben.

Darian hob die Augenbrauen, als sie die Szene betrachtete, und wandte sich an Dublin. „Irgendwie habe ich
das nicht erwartet."

Dublin schmunzelte. „Was genau hast du denn erwartet?"

„Das nicht."

„Warum? Das ist doch der ärmste Teil im Bezirk. Was
hast du erwartet, hier zu finden?"

Darian knirschte mit den Zähnen. „Nicht das hier", gab
sie zu. „Ich hatte angenommen, es wäre schöner oder besser gepflegt. Callie scheint es recht gut getroffen zu haben.
Ich dachte, das würde sich auf ihr Zuhause übertragen."

„Ah", nickte Dublin verstehend. „Das wäre ein Man-
gel an Informationen. Den Aufzeichnungen zufolge hat
sich Callie vor Jahren emanzipiert, um von ihrem Vater
wegzukommen. Da ihre Mutter tot ist, ist er der einzige
nächste Angehörige, obwohl dies eher eine Gefälligkeit ist.
Die rechtliche Verbindung wurde gekappt."

„Verstanden."

An der Tür zögerte Dublin. Auf der Suche nach einer
stabilen Stelle zum Klopfen entschied er sich für das Glas

und hoffte, dass es dem Druck standhalten würde. Er hatte kaum mehr getan, als dagegen zu klopfen, als er spürte, wie es nachgab, und hörte abrupt auf. „Kirk Davis!", rief er laut. „Hier ist Sheriff Dublin. Können Sie bitte zur Tür kommen?", rief er weiter.

Sie warteten gut zwei Minuten lang. Nichts geschah. Dublin versuchte es erneut. „Kirk Davis! Hier ist der Sheriff."

Darian ging vorsichtig die Treppe hinunter. Sie ging um das Haus herum und versuchte, durch die schmutzigen Fenster zu sehen, ob jemand im Haus war. Sie konnte erkennen, dass der Fernseher eingeschaltet war, aber aus dem Winkel konnte sie nicht erkennen, ob jemand anwesend war oder zusah. Da sie keine andere Möglichkeit hatte, klopfte sie mit dem Ende ihrer Taschenlampe gegen das Fenster, in der Hoffnung, eine Antwort zu bekommen.

Überraschenderweise war die Reaktion, die sie erhielt, nicht die, mit der sie gerechnet hatte. Normalerweise sprangen die Leute auf, wenn ein Polizeibeamter unerwartet an ihr Fenster klopfte. Hier nicht. Sie beobachtete, wie ein Kopf über die Seite eines Sessels lugte, der zwischen Fenster und Fernseher stand. Sie konnte nicht viel erkennen, aber sie nahm Blickkontakt auf. Sie deutete auf ihren Ausweis, dann auf die Tür und rief durch das Glas: „Büro des Sheriffs. Lassen Sie uns rein."

Sie war fast schockiert, als der Kopf außer Sichtweite zurück in den Stuhl verschwand, aber niemand aufstand. „Willst du mich verarschen?", fluchte sie vor sich hin, während sie erneut ans Fenster klopfte, dieses Mal etwas fester.

Als sie ein zweites Mal Augenkontakt herstellte, verschärfte sie das Spiel. Mit ihrem Dienstrevolver in der Hand richtete sie den Lauf auf ihre Dienstmarke und dann auf die Person im Inneren, die sie fast schreiend durch das

Glas zum Handeln aufforderte: „Öffnen Sie die Tür! Büro des Sheriffs. Dies ist Ihre letzte Warnung."

Sie würde sich ein weiteres Urteil vorbehalten, bis sie sich von Angesicht zu Angesicht gegenüberstanden. Sie wusste nicht, ob sie beleidigt, irritiert oder mitfühlend sein sollte, als die einzige Antwort, die sie bekam, ein träges Winken war, um einzutreten. Ungläubig marschierte sie zur Tür, um Dublin zu informieren. „Es ist jemand drinnen", verkündete sie, während sie versuchte, die weiche Treppe zu überwinden.

„Ich habe es gehört", schmunzelte Dublin. „Wenn ich raten müsste, würde ich sagen, jeder in beiden Bezirken hat dich gehört."

„Lach du nur. Er schien nicht sonderlich beeindruckt zu sein, dass ich ihn anschrie, er solle Türe öffnen."

„Wird er uns reinlassen?" entgegnete Dublin und versuchte, nicht über ihre offensichtliche Irritation zu lachen.

„Nein", schnaubte sie. „Er hat mir gewunken, damit ich reinkomme, also liegt es wohl an uns."

Das Innere des Hauses war genauso verwahrlost wie das Äußere, wenn nicht noch mehr. Darian hätte schwören können, dass ihr beim Betreten des Hauses die Leber wehtat. Sie navigierten vorsichtig durch die Minen aus zerbrochenen Gegenständen und leeren Flaschen und hofften, auf festen Boden zu treten, obwohl das Quietschen und das weiche Gefühl, wenn sie ihr Gewicht darauf verlagerten, beide skeptisch stimmte.

„Kirk Davis?" rief Dublin, als sie den Raum erreichten, in dem der Fernseher stand.

Es gab keine hörbare Antwort, aber eine Hand hob sich langsam über die Rückenlehne des Sessels. Dublin drehte sich um und stellte sich zwischen sie und den Fernseher, während Darian sich zurückhielt. Er fragte erneut, als er die sitzende Person endlich sehen konnte. „Mr. Davis?", fragte er.

Immer noch keine verbale Antwort, obwohl der sitzende Mann mit dem Kopf nickte. Er sah aus, als hätte er den Sessel seit Jahrzehnten nicht mehr verlassen, obwohl er es irgendwann getan haben musste, wenn man den Stapel Leergut in der Nähe bedachte, ohne dass noch volle Behälter zum Ersetzen vorhanden waren.

Dublin versuchte es noch einmal, nicht allzu hoffnungsvoll, als er in die rot umrandeten, glasigen Augen des Mannes vor ihm blickte. „Sind Sie Kirk Davis?"

hicks Erneut nickte der Mann. Diesmal hob sich seine Hand zu einem Achselzucken, als ein Hauch von Whiskey Dublin erreichte.

Dublin schüttelte den Kopf und blickte Darian an. Da er keine andere Wahl hatte, würde er seine Ankündigung machen, aber sie würden später wiederkommen müssen, in der Hoffnung, dass Mr. Davis nüchtern war, um die Tragweite der Nachricht zu verstehen. „Mr. Davis, ich bin Sheriff Eric Dublin. Ich bin hier, um Ihnen mitzuteilen, dass Ihre Tochter..."

„Ich habe keine Tochter", unterbrach ihn der Mann und überraschte damit Dublin und Darian, die erschraken, als sie ihn sprechen hörten.

„Sir, Callie Faire... ist Ihre Tochter, nicht wahr?"

„War."

Dublins Augen weiteten sich für einen Moment, das Verständnis dämmerte. „Ich bitte um Entschuldigung. Als einziger Blutsverwandter von Miss Faire sind wir gekommen, um Ihnen mitzuteilen, dass sie verstorben ist."

Mr. Davis winkte Dublin ab. „Das Mädchen war für mich schon vor Jahren tot."

„Ich verstehe", sagte Dublin und verbeugte sich leicht. „Ich entschuldige mich dafür, Sie gestört zu haben. Wir dachten, Sie würden es wissen wollen. Wir werden Sie dann verlassen."

hicks „Hmmph." War die einzige Antwort.

Dublin begann, den Weg zurückzugehen, den er gekommen war. Er hielt mitten im Schritt inne, als Darian ihn mit dringendem Ton unterbrach: „Eric!"

Dublins Kopf ruckte hoch. Darian sprach nicht weiter, sondern nickte nur in Richtung eines Fotos an der Wand. Er brauchte kein Blutbild oder forensische Untersuchungen, um zu wissen, wer der Junge war. Er kehrte auf seinen Platz vor dem Fernseher zurück und wandte sich erneut an Mr. Davis. „Sir, ist das Ihr Sohn?", fragte er und deutete auf das Foto an der Wand.

Davis warf einen Blick zur Seite und drehte seinen Kopf leicht, um der Richtung des Fotos zu folgen, auf das er verwies. „Ja."

„Mr. Davis, wo ist Ihr Sohn jetzt?"

Davis zuckte mit den Schultern und nahm wieder seine ursprüngliche Haltung ein. „Er muss irgendwo sein."

Dublin wurde wütend. Er brauchte einige Augenblicke und tiefe Atemzüge, die er am liebsten nicht gebraucht hätte, um sich unter Kontrolle zu bringen. „Mr. Davis, wann haben Sie Ihren Sohn zuletzt gesehen?"

Davis zuckte mit den Schultern.

„Mr. Davis", drängte Dublin, „das ist wichtig. Wann haben Sie Ihren Sohn zuletzt gesehen?"

Davis Augen waren glasig und unkonzentriert. Dublin hatte keine Ahnung, ob er geistig anwesend war oder nicht. Er wollte ihn auf keinen Fall in den Streifenwagen setzen und zur Wache bringen, um dort auf Antworten zu warten.

„Mr. Davis..." wiederholte Dublin, wobei seine Stimme etwas lauter wurde.

„Ich habe Sie gehört", *hicks* „was wollen Sie von mir?", stieß er hervor.

„Mr. Davis", sprach Dublin streng. „Wann haben Sie ihn zuletzt gesehen? Ich muss es wissen."

Davis war durch den Tonfall erschrocken und durch die Fragen erneut aufgewühlt. Dublin wollte gerade ein drittes Mal fragen, als Davis schließlich überstürzt sprach. „Ich weiß es nicht. Ich habe ihn ausgetauscht. Er gehört mir nicht mehr."

Dublin kämpfte gegen den Drang an, Mr. Davis zu erdrosseln, wo er saß. „Getauscht gegen wen?", fragte er vorsichtig und sprach jedes Wort deutlich aus. „Getauscht gegen was?"

Davis Augen schienen zu rollen, hörten aber auf, als er sich kurz auf Dublin konzentrierte und mehrmals blinzelte. „Kestle hat ihn für mich mitgenommen... Kiste mit, uh, Schwarzebranntem", er deutete auf einen Stapel Flaschen in einer Ecke neben dem Fernseher, „...und Unterhaltung", schloss er in einem merkwürdigen und beunruhigenden Ton und deutete auf die gegenüberliegende Ecke, wo ein Stapel mit Videokassetten lag.

Der Ausdruck auf Darians Gesicht von ihrer Position hinter dem Stuhl aus war genau der, den Dublin gerne gehabt hätte. Ungläubigkeit war eine einfache Beschreibung dafür. Mit einem Blick zu Mr. Davis wiederholte Dublin: „Wann?"

Davis zuckte mit den Schultern und ließ den Kopf zur Seite fallen, während er die Augen schloss.

„Ich kann das nicht glauben", sagte Dublin zu Darian. „Hol das Foto. Ich werde die Bänder holen. Wir werden Bud anrufen, damit er ihn abholt. Ich stecke ihn nicht in meinen Wagen", flüsterte er und deutete auf Davis, der zu schnarchen begonnen hatte.

Draußen brach die Last der Offenbarungen über sie herein. Dublin ging schnell um die Seite des Hauses, bevor es losging, aber Darian wusste anhand der Geräusche, dass sein Frühstück gerade hochgekommen war. Sie war zeitweise dankbar, dass sie nur Kaffee getrunken hatte. Ihr Magen war deutlich zu spüren und rumorte beunruhigend, aber sie hielt ihn in Schach.

Als sie am Wagen auf Bud warteten, standen sie noch immer unter Schock. „Hat er wirklich gesagt, dass er seinen Sohn eingetauscht hat?" fragte Darian, nicht in der Lage, dies als mögliche Realität zu verarbeiten.

„Das hat er."

„Er ist offensichtlich sturzbetrunken. Glaubst du, dass es die Wahrheit ist?"

Dublins Lippen verzogen sich zu einer seltsamen Grimasse. Darian wusste, dass er darum kämpfte, nicht wieder zu würgen. Als er sich schließlich wieder unter Kontrolle hatte, antwortete er: „Ich will es nicht. Aber ich bin mir fast sicher, dass es so ist."

„Und die Bänder?", fragte sie und überlegte, ob Dublin dasselbe vermutete wie sie.

„Ich bringe es nicht über mich, es laut auszusprechen."

„Ich auch nicht", nickte Darian. Sie konnte es beim besten Willen nicht in Worte fassen. Dass Davis es „Unterhaltung" genannt hatte, machte es irgendwie noch schlimmer.

„Ich hoffe, ich irre mich", sagte Dublin leise, als Bud ankam.

„Wir."

„Was?"

„Ich hoffe, *wir* liegen falsch."

VERTRAUT

Wie sich herausstellte, waren die Bänder genau das, von dem alle gehofft hatten, dass sie es nicht wären. Der Fall wurde plötzlich viel größer als Howard, während sie zusahen. Überwiegend waren es Jungen, aber es waren auch Mädchen dabei, wenn auch nur vereinzelt. Die gemeinsamen Spieler zwischen den Kassetten waren Marco Culleroy, Rychard Murdock und Wes Kestle. In Anbetracht der Entwicklungen gab es keine Zweifel mehr daran, worum es bei ihrem gemeinsamen Geschäft ging.

Darian war erneut gefrustet. Während sie sich die Bänder ansah, wollte sie die vierte Person identifizieren, in der Hoffnung, dass sie einen Gastauftritt haben würde, aber sie kam nicht weiter. Als sie es nicht mehr aushielt, ging sie zurück zu den Computern. Der von Strickland wurde zwar über den Code geöffnet, war aber stärker unterteilt als die anderen. Die E-Mail-Dateien waren minimal, und nur sehr wenige davon waren tatsächlich als Post gespeichert. Als sie die Icons auf dem Bildschirm durchging, fand sie heraus, warum.

Innerhalb eines bestimmten Ordners befanden sich mehrere andere Dateien mit Unterordnern oder Links zu externen Speicherorten. Die Links konnten überall hinführen, was ihre Rückverfolgung extrem erschwerte. In Anbetracht seiner Position war es wahrscheinlich, dass Strickland dies mit Absicht getan hatte. Wenn sich einer der externen Speicherorte an einem anderen Ort befand, wäre für den Zugriff eine bundesbehördliche Genehmigung erforderlich, so dass genügend Zeit zur Verfügung stand, um alles zu vernichten, bevor die Genehmigung eingeholt werden konnte. Dass er nun tot war, änderte nichts an der Zeitachse, sondern nur an den Ergebnissen.

Stunden später stolperte sie schließlich über eine eingebettete Datei, die unter mehreren anderen Unterordnern verborgen war. Es war eine Videodatei. Als sie auf Play klickte, drohte ihr Magen zu rebellieren, obwohl sie wusste, dass er damit als die vierte Person bestätigt wurde.

Sie wollte sich das genauso wenig ansehen wie die Videobänder zuvor, aber sie ließ nicht locker, bis das Gesicht des Jungen ins Blickfeld kam. Es kam ihr sehr bekannt vor, aber sie konnte ihn nicht einordnen. Sie drückte auf Pause, ließ sein Gesicht auf dem Bildschirm und ging, um Dublin zu holen.

„Hast du einen Moment Zeit?", fragte sie von der Tür aus und versuchte, lässig zu bleiben. Sie würde ihm, sobald er das Video sah, von der Verbindung erzählen, die sie hergestellt hatte, aber sie wollte, dass er sich das Video ohne Vorurteile anschaute.

„Kurz. Was brauchst du?"

„Nur eine schnelle Identifizierung", sagte sie lässig.

„Von?"

„Einem Gesicht. Es kommt mir bekannt vor, aber ich kann es nicht einordnen. Vielleicht kannst du es erkennen", bat sie ein wenig hoffnungsvoll, aber gleichzeitig auch nicht.

„Zeig es mir."

„Okay. Es ist in der Garage."

Dublin beäugte sie skeptisch. „Es ist auf einem der Computer, nicht wahr?"

Sie nickte und hoffte, dass er jetzt, wo er es wusste, neutral bleiben konnte.

„Okay. Zeig es mir", seufzte er, als er aufstand, um ihr zu folgen.

In der Garage hatte sich der Bildschirm abgeschaltet. Darian schnappte sich die Maus und bewegte sie, um das Bild wieder aufzurufen. Sie hoffte, dass sie nicht noch einmal auf Play klicken musste. Dublin setzte sich hin und starrte das Bild an. „Ich verstehe, was du meinst. Er kommt mir sehr bekannt vor, aber wer zum Teufel ist das?" murmelte Dublin, ohne sie direkt anzusprechen.

Darian fummelte mit ihren Fingern, um nicht auf die Frage zu antworten, die ihr nicht direkt gestellt worden war. Von hinten beobachtete sie, wie Dublin das Bild aus verschiedenen Blickwinkeln betrachtete, und war kurz davor zu gehen, als er die Maus nach oben bewegte und auf die Wiedergabetaste klickte. „Hast du dir das schon angesehen?", unterbrach er sie, als sie gerade gehen wollte.

„Bis zu diesem Punkt, ja."

„Und?", drängte er, ohne sich ihr zuzuwenden.

„Und das ist die erste klare Aufnahme des Gesichts des Jungen. Den Rest möchte ich lieber nicht mehr sehen", gab sie zu.

„Welcher Computer ist das?"

„Strickland's."

In der verzerrten Reflexion des Standbildes auf dem Monitor sah sie, wie Dublins Mund ein „O" formte, aber es kam kein Ton heraus.

„Das Bild ist körnig", kommentierte er schließlich, als er wieder bei der Sache war.

„Ich denke, das liegt daran, dass es von einem Videoband konvertiert wurde. Die Qualität und die Spurführung wirken ruckelig und unstimmig. Es ist wie ein abgenutztes Band, das nicht mehr lange abspielbar war, weil es zu oft

abgespielt wurde, und das dann in eine Videodatei
umgewandelt wurde, aber die Qualität konnte nicht
wiederhergestellt werden", antwortete sie auf die Frage,
die sie vermutete, er aber nicht ausgesprochen hatte.

„Diese Theorie leuchtet mir ein", antwortete Dublin.
„Es klingt logisch, und ich denke, sie wird durch das, was
wir sehen, bestätigt. Jemand, der sich darauf spezial-
isiert hat, könnte das vielleicht bestätigen oder uns eine
eindeutigere Antwort geben."

„Brauchst du mich?" warf Darian abrupt ein. „Ich
meine, wenn du da auf Play drückst, würde ich lieber
nicht zusehen. Ich habe genug gesehen. Ich kann dieses
Kind einfach nicht identifizieren. Es juckt mich... als ob
es mich ärgern würde und ich es wissen müsste, aber ich
weiß es nicht."

Dublin schüttelte den Kopf. „Geh und arbeite an etwas anderem. Ich werde mir den Rest davon ansehen,
vielleicht macht es dann Klick. Er kommt mir auch
bekannt vor, aber ich kann nicht sagen, wer es ist. Irgendetwas an ihm stimmt nicht."

Da sie bereits bis zum Hals in Videokassetten steckte, kehrte Darian zu der Kassette zurück, die sie auf
dem Kestle-Grundstück gefunden hatten. Vollkommen
neu aufgespult legte sie es vorsichtig in ein langsames
Abspielgerät mit niedrigem Druck ein und hoffte, dass
das Band halten würde. Als sie auf Play drückte, erschien auf dem Bildschirm ein matschiger, unbrauch-
barer Klecks von Bild zu Bild. Normalerweise wäre sie
frustriert, aber nach dem letzten Video, das sie sich
angesehen hatte, wirkte das braune Rauschen, das sich
abspielte, irgendwie beruhigend.

Der durchdringende Schlamm wich dem Farbton von Teichwasser, das zu lange gestanden hatte, bevor ein paar schemenhafte Umrisse sichtbar wurden. Darian blinzelte und versuchte, sich auf die verschwommenen Bilder zu konzentrieren. Sie waren so schnell verschwunden, wie sie aufgetaucht waren, und kehrten in der umgedrehten Reihenfolge ins Braune zurück.

Einige lange Minuten später wiederholte sich die Anomalie. Diesmal, als das Braun heller wurde, war sie darauf vorbereitet und verlangsamte das Band, während die Bilder klarer wurden. Ihre Augen weiteten sich, während sie zusah, und ihr Magen drehte sich vor Unglauben. Wenn es das war, was sie vermutete, dann hatten sie soeben den Zusammenhang hergestellt.

Sie wollte losrennen und es Dublin erzählen, wartete aber ab, ob ein klareres Bild auftauchte, das die Bestätigung erleichtern würde. Das war der Fall, und zwar an einer Stelle, die sie nicht sehen wollte. Leider hatte sie nicht mehr die Möglichkeit, anzuhalten, da sie überprüfen musste, wie viele andere Stellen erkennbar waren.

Als die Wiedergabe beendet war, hatte sie vier Flecken. Vier kleine, größtenteils verschwommene Flecken, aber sie war sich sicher, dass sie zusammenpassten. Als sie dorthin zurückkehrte, wo sie Dublin verlassen hatte, war er nicht mehr da. Sie ging nach vorne in sein Büro, musste aber warten, bis er einen Anruf beendet hatte, bevor sie ihm ihre Neuigkeiten mitteilen konnte.

„Was ist los?", fragte er, als er den Hörer auflegte.

„Wir haben ihn."

„Wen?"

„Strickland."

„Darian, ich glaube, wir hatten ihn schon, als du die Videodatei auf seinem Computer gefunden hast", grummelte Dublin mürrisch.

„Nein. Ich meine, er gehört dazu", verkündete sie und fuhr fort, als Dublin nicht reagierte. „Das Videoband? Das aus dem Haus von Kestle? Es ist das gleiche Video wie das von Stricklands Computer. Es gibt nur etwa vier Stellen, an denen die Bilder tatsächlich sichtbar sind, der Rest wurde von der Pfütze verwischt, aber sie stimmen überein. Es ist dasselbe. Es verbindet sie. Er ist der vierte Mann", beendete sie.

„Bist du sicher?" fragte Dublin skeptisch.

„Ich bin mir sicher", nickte Darian. „Und ich habe eine Theorie zu etwas anderem."

„Erzähl."

„Der Grund, warum das Video auf dem Computer so körnig ist? Das liegt daran, dass es eine Kopie ist. Ich behaupte nicht, dass es nicht von einem überstrapazierten Original kopiert wurde, aber die Datei, die für den Computer erstellt wurde, war eine Kopie des Originals, nicht das Original selbst. Deshalb scheinen die Szenen zu verrutschen", erklärte sie und versuchte, sich nicht über diese Erkenntnis zu freuen.

„Das macht Sinn", antwortete Dublin. „Ich habe noch etwas für dich."

„Oh?"

„Ja." Dublin nickte in Richtung des Telefons. „Ich habe gerade ein Gespräch mit dem FBI beendet. Ich habe den Rest des Computers mit dem Namen der Videodatei durchsucht und eine Dokumentendatei gefunden. Es ist eine Rechnung."

„Und...", fragte Darian und fürchtete, dass sie die Antwort bereits kannte, aber sie musste es hören.

„Du solltest dich lieber hinsetzen", wies er sie an und wartete, bis sie sich gesetzt hatte, bevor er wieder sprach. „Es war für fünfhundert Kopien."

Darians Augen weiteten sich, als sich ihr Magen entleerte und ihr Mittagessen in einem Schwall hochkam. Da sie nicht gewillt war, Stücke über den Schreibtisch zu erbrechen, sprang sie auf, drehte sich um und rannte los, schaffte es aber nur bis zum Mülleimer im Konferenzraum. Dreißig Minuten später kämpfte sie immer noch mit heftigen Heulkrämpfen.

STIEFEL

Darian befand sich noch immer in der Position der Porzellangott-Anbetung über dem Mülleimer des Konferenzraums, als ein zerfetzt aussehendes, stinkendes Paar Stiefel in Sicht kam.

„Geht es Ihnen gut?", fragte eine Stimme über ihr.

Darian starrte auf die Stiefel, während ihr mehrere Szenen durch den Kopf gingen und die offensichtliche Schlussfolgerung sich einstellte. Als sie ihnen folgte, gab der grüne Overall den Blick auf eine ebenso grüne Gesichtsfarbe frei, komplett mit Plastikbolzen, die am Hals befestigt waren. Sie hätte über die hohe Stirn und die applizierte Narbe gelacht, wenn ihr Kopf nicht so viele Details auf einmal verarbeiten müsste, die sich aber alle an ihren Platz einordneten. „Was stellst du denn dar?", fragte sie stöhnend, als sich ihr Magen erneut aufbäumte.

Gunner sah beleidigt aus. „Ich bin Frankensteins Monster. Ist das nicht offensichtlich?"

Darian schloss die Augen und setzte sich auf den Boden, behielt aber den Mülleimer in der Nähe. „Oh. Jetzt, wo du es erwähnst, ja. Nettes Kostüm. Warum trägst du es?"

Sie musste den Blick abwenden, als sein Erröten unter dem Make-up seinen Teint in grünlichgelb änderte. „N un... ich hatte irgendwie gehofft...", stammelte er, „dass Sie vielleicht jemanden brauchen, der Sie zum Halloween-Ball begleitet", brachte er schließlich heraus. „Ich dachte, wenn Sie mein Kostüm sehen, wären Sie vielleicht beeindruckt und würden sich mir anschließen."

Darian kicherte und schloss für einen Moment die Augen. „Das ist sehr süß, aber ich glaube, ich muss ablehnen."

„Weil Sie krank sind?", fragte er.

„Nein. Wegen des Falls", antwortete sie und öffnete die Augen, um die Stiefel erneut zu betrachten. „Ich glaube, du brauchst neue Stiefel", sagte sie, nicht ganz bereit, den Grund zu nennen.

„Nein. Wir haben neue Stiefel", antwortete er fröhlich. „Ich habe sie für mein Kostüm aus dem Müllcontainer gefischt. Wir bekommen nur ein neues Paar pro Jahr auf Kosten der Firma, aber die halten nie so lange", sagte er achselzuckend. „Die hier", er drehte seinen Fuß, um sie ihr zu zeigen, „haben wir versucht, mit Heißkleber zu reparieren, als sie gerissen waren, aber das hat nicht gehalten. EJ hat sie mit der Nagelpistole zusammengehalten, bis wir neue beschaffen konnten."

Bei seinen Worten fiel ihr ein weiteres Detail auf. „Tragt ihr beide die gleichen Stiefel? Ich meine... denselben Stil?"

Gunner war offensichtlich verwirrt. „Manchmal. Letztes Jahr nicht, weil ich die Clips nicht mag."

„Clips?"

„Ja, Clips", antwortete er und bückte sich, um sein Hosenbein anzuheben und es ihr zu zeigen. „Sehen Sie die? Das sind Schnellverschlüsse, mit denen man die Stiefel ohne Schnürsenkel an- und ausziehen kann. Sie sind gut, um den Dreck aus unseren Autos oder dem Gebäude fernzuhalten, wenn wir hineingehen müssen, aber wenn sich das Leder lockert, kann man sie nicht mehr festziehen. Dafür brauche ich Schnürsenkel."

Darian nickte. Die Logik war klar. „Du hattest also letztes Jahr Clips, aber jetzt nicht mehr?"

„Nein", entgegnete er, offensichtlich verwirrt. „Ich habe vor ein paar Jahren Clips ausprobiert. Ich habe sie gehasst. EJ liebt sie. Aber dieses Mal konnte er sie nicht bekommen, und die hier waren zu stark beeinträchtigt, als dass er hätte warten können, bis sie seine Größe hatten. Diesmal musste er Schnürsenkel nehmen."

„Ich verstehe."

Gunners Gesichtsausdruck hellte sich auf. „Hey... Ihre Farbe sieht besser aus. Sind Sie sicher, dass Sie nicht gehen wollen?"

„Nein. Ich denke, es ist besser, wenn ich es nicht tue. Aber ich fürchte, ich werde deine Stiefel nehmen müssen."

„Verdammt noch mal! Ich war gerade dabei, mich an sie zu gewöhnen. Sind Sie sicher?", beklagte er sich.

„Ich bin mir sicher."

Darian legte die Plastiktüte mit den Stiefeln auf Dublins Schreibtisch. „Ich weiß, wer er ist", verkündete sie.

„Der Junge?" fragte Dublin, als er aufblickte. „Wir haben das bestätigt, während du dein Mittagessen hochgewürgt hast. Es ist Kevin Davis."

Darian schüttelte heftig den Kopf, „Nein."

Dublins Stirn legte sich in Falten. „Du meinst den Videojungen? Oder hast du den Täter identifiziert?"

„Beides", antwortete Darian, als sie Dublin gegenübersaß. „Sie sind ein und dieselbe Person."

„Bist du sicher?"

„Ich denke schon", antwortete Darian, wobei ihre Stimme ihren inneren Konflikt nicht verbarg.

„Natürlich muss ich es wissen", begann Dublin, „aber will ich es auch?"

„Wahrscheinlich nicht", antwortete Darian ehrlich und schüttelte stirnrunzelnd den Kopf.

„Kann es jemand anderes sein?"

„Ich nehme es an, aber ich bezweifle es."

Dublin atmete aus und drückte seine Oberschenkel mit den Händen unter dem Schreibtisch zusammen, wo Darian ihn nicht sehen konnte. „Okay. Sag es mir."

„Es ist EJ."

Das Puzzle
einrahmen

EJ sah den Wagen vorfahren. Es gab keine neuen Leichen, was eine offensichtliche, unausweichliche Schlussfolgerung zuließ. Es war vorbei. Für ihn war es schon seit ein paar Tagen vorbei, aber offensichtlich würde die Wahrheit, die ganze Wahrheit, jetzt ans Licht kommen. Er blieb an seinem Schreibtisch sitzen und überlegte, ob er an Ort und Stelle bleiben oder zu ihnen gehen sollte. Dublin stand vor ihm, bevor er sich entscheiden konnte.

„EJ, ich glaube, wir müssen reden", sagte Dublin leise.

An seinem Gesichtsausdruck konnte EJ ablesen, dass Dublin weder einen Freundschaftsbesuch machte noch froh war, dort zu sein. Er wusste offensichtlich alles, oder das meiste davon. Der Rest würde ans Licht kommen, die Zeit war offensichtlich abgelaufen. Es würde so oder so nicht einfach werden. „Ich weiß", war alles, was er als Antwort sagen konnte.

„Wie es jetzt weitergeht, hängt von dir ab", erklärte Dublin. „Du kannst mitfahren, wir können hierbleiben oder du kannst dich selbst stellen", zählte Dublin die Möglichkeiten auf und hob bei jeder einen Finger. „Im Moment bist du eindeutig der Hauptverdächtige. Was bei unserem Gespräch herauskommt, wird entscheiden, wie es weitergeht."

„Nicht hier", entgegnete EJ. „Ich folge Ihnen, oder Sie können mir folgen, aber ich bin nicht bereit, mitzufahren.

Die Medien stehen vor den Toren und warten darauf, sich auf mich zu stürzen. Diese Genugtuung will ich ihnen nicht geben. Wenn ich hinten im Auto mitfahre, oder, verdammt, sogar vorne im Auto, bin ich in den Fünf-Uhr-Nachrichten."

Dublin nickte. „Ich verstehe. Ich sag dir was", hellte sich seine Miene auf, „wie wäre es, wenn du und ich einen Spaziergang über den Hof und zurück machen. Dann gehe ich, und du kannst dir ein paar Papiere schnappen und mir hinterherlaufen, als hätte ich etwas vergessen."

„Das würden Sie für mich tun?" fragte EJ und verbarg sein Erstaunen nicht.

Dublin hasste diesen Teil, den Teil, wo es jemand war, den er kannte und mochte. „EJ... Ich habe im Rahmen dieser Untersuchung so viele Dinge gesehen, die ich gerne aus meinem Gedächtnis löschen würde, aber ich kann es nicht. Ich weiß zumindest einen Teil von dem, was vorher passiert ist. Wenn ich dir eine kleine Chance geben kann, etwas von deiner Würde zu bewahren, dann ist das das Mindeste, was ich tun kann."

EJ schürzte seine Lippen und nickte. Er war nicht in der Lage, seine Dankbarkeit auszusprechen, da er wusste, dass er daran zerbrechen würde, wenn er es versuchte. „Dann lassen Sie uns einen Spaziergang machen."

Wie Dublin es geplant hatte, kehrten sie in den Schuppen zurück und er ging. EJ beeilte sich, ihn vor den laufenden Kameras aufzuhalten, und stieg ein paar Minuten später in sein Auto, um ihm zu folgen. Die Fahrt zur Wache war die längste und zugleich die kürzeste seines Lebens. Als er hineinging, warteten Dublin und Detective Darian bereits auf ihn.

Sie geleiteten ihn in den Konferenzraum. Er war überrascht, dass er nicht verhaftet wurde. Was das bedeutete oder nicht, wusste er nicht. Als er sich setzte, bemerkte er die schwarze Hülle eines Videobandes und war sich fast sicher, dass er wusste, welches es war. Er starrte es an, erschrak und zuckte zusammen, als Dublin sprach: „Es tut mir leid."

EJ war verwirrt. „Warum tut es Ihnen leid?"

„Für das, was auf diesem Band ist", begann Dublin. „Ich kann mir nur vorstellen, was sonst noch da draußen ist. Es tut mir leid, dass dir das passiert ist", entschuldigte er sich.

EJ nickte und blickte zwischen Dublin und Darian hin und her. Seine Geschichte vor ihr zu erzählen, würde schwierig werden. Er wollte nicht, dass sie ihn als gebrochen ansah, aber ihm wurde klar, dass sie die Bänder wahrscheinlich schon gesehen hatte und es zu spät war. „Ich dachte, es wäre vorbei", murmelte er.

Dublin zog eine Augenbraue in die Höhe. „Was dachtest du, wäre vorbei?"

„Das", antwortete EJ und deutete auf das Band. „Vor zehn Jahren habe ich Marco Culleroy dafür fast zu Tode geprügelt. Er hat geschworen, dass er damit aufhören würde. Ich war so naiv, ihm zu glauben", sagte er achselzuckend.

„Du hättest es melden sollen", erwiderte Dublin unumwunden.

EJ schüttelte verneinend den Kopf. „Die Scham war größer als die Wut. Ich konnte nicht zulassen, von der Stadt so angesehen zu werden, weil sie wussten, was passiert war. Ich konnte es nicht melden. Ich musste es vergessen", entgegnete EJ und rieb mit den Händen an seinen Hosenbeinen auf und ab.

„Was hat sich geändert?" fragte Darian, die die komplette Zeitachse aus seiner Sicht benötigte.

EJ starrte sie an, bevor er sprach. „Wir haben den Jungen ausgegraben", antwortete er mit brüchiger Stimme. „Wir haben ihn ausgegraben, und ich wusste es. Ich wusste aus dem Bauch heraus, wer dafür verantwortlich war."

„Wie war das möglich?" hielt Darian ihm entgegen.

EJ stand auf und schritt zur gegenüberliegenden Wand. Bevor sie seine Handlungen bemerkten, hatte er sein Hemd aufgeknöpft und den Kragen über den Rücken und von den Schultern fallen lassen, so dass das jetzt nur allzu bekannte Striemenmuster zum Vorschein kam. „Wie hätte ich es nicht wissen können?", antwortete er gegen die Wand.

Hinter ihm schluckte Darian schwer, er hasste jeden Moment bis zu diesem Zeitpunkt und alles, was noch kommen würde. „Was hast du getan?"

EJ zog sich wieder an und kehrte auf seinen Platz zurück. Er atmete tief durch die Nase ein und blies die Luft durch den Mund wieder aus. „Ich habe meinen Verstand verloren."

Dublin nickte und fuhr sich mit den Fingern grob durch die Haare. „Das kann ich mir vorstellen. Was dann?"

„Ich wollte ihn zur Rede stellen", zuckte EJ mit den Schultern, „aber er war nicht allein. Murdock war bei ihm. Sie stritten sich... stritten über Videobänder und Geld... und wen sie sich als nächstes schnappen würden", beendete EJ flüsternd. „Es hat sie nicht einmal gestört, dass der Junge gestorben ist", sagte er mit offensichtlichem Unglauben.

Darian und Dublin schwiegen beide. Ein oder zwei Minuten später fuhr EJ fort: „Sie hatten vor, sich ein weiteres Kind zu schnappen. Das konnte ich nicht zulassen." Er schnaubte. „Culleroy war gefühllos und sprach über die, die sie verkauft hatten, wie Vieh. Murdock argumentierte, dass sie Aufträge für Filme zu erfüllen hatten, der andere Teil war ihm egal. Ich konnte es nicht fassen."

EJ hielt inne und sah Darian an, während eine Träne sich aus seinem Auge stahl. „Ich konnte nicht. Ich habe mich nie als Glückspilz gesehen, weil ich davongekommen bin, aber in diesem Moment wurde mir klar, dass es so viel schlimmer hätte sein können."

„Schlimmer ist eine Frage des Maßstabes, EJ", antwortete sie. „Du warst noch ein Kind."

EJ nickte, wischte sich die Träne weg und richtete seine Wirbelsäule auf. „Nicht mehr", erwiderte er und schüttelte den Kopf. „Nicht mehr. Ich bin ihnen gefolgt. Ich war fassungslos, als sie auf den Friedhof gingen und im Dunkeln herumirrten. Murdock war stinksauer. Sie sprachen über etwas, das zurückgelassen worden war. Vielleicht das Armband.

„Was auch immer es war, sie hörten auf zu schauen, als sie ihren Streit wieder aufnahmen. Sie wälzten sich herum und schlugen sich. Irgendwann schlug Culleroy mit seinen Fäusten voller Dreck in Murdocks Gesicht. Murdock schlug zurück, aber er wich aus. Ich habe fast applaudiert, als Culleroy ihn getötet und in den Teich geworfen hat. Aber nur fast. Er war nicht derjenige, den ich tot sehen wollte."

„War Murdock nicht einer deiner Peiniger?" fragte Darian und suchte in ihrem Kopf nach der Antwort.

EJs Blick war eiskalt. „Nicht wörtlich. Was ich von ihm in Erinnerung habe, war immer mit oder hinter der Kamera."

„Okay", nickte Darian und warf einen Seitenblick auf Dublin, während er EJ über den Tisch hinweg zuwinkte, damit dieser fortfuhr.

„Culleroy war abgelenkt und versuchte, die Leiche tiefer in das Schilfrohr am anderen Ufer zu schieben. Er hat mich nicht kommen sehen", sagte EJ und starrte auf den Tisch. „Ich wünschte, er hätte mich kommen sehen."

Er schaute abrupt auf und schüttelte den Kopf, als er wieder in die Gegenwart zurückkehrte. „Ich habe ihn von hinten mit meinem Insulinstift gestochen. Drei Mal, vielleicht vier Mal. Ich weiß es nicht mehr."

Dublin hob einen Finger vom Tisch. „Woher wusstest du, dass du das Insulin benutzen musst?"

EJ stieß ein schallendes Lachen aus. „Das habe ich auch ihm zu verdanken. Damals...", er deutete auf das Band, „ist eines der anderen Kinder ausgebrochen. Meine Insulindosis lag auf dem Tisch. Es hatte sich den Stift geschnappt und Culleroy damit gestochen. Ich weiß noch, wie er wütend wurde, bevor er wie ein Stein zusammenbrach und sich auf dem Boden wälzte. Ich weiß noch, wie Murdock den Jungen mit einem kräftigen Tritt zurück in die Zelle neben meiner schickte.

„Ich weiß auch noch, dass ich damals gebetet habe, er sei tot. Ein paar Tage später war er es nicht mehr. Er hat den Jungen stundenlang gequält. Ich kann immer noch den Biss der Gitterstäbe spüren, wo ich versuchte, mit der Ecke zu verschmelzen. Er war so wütend. Er hat geschrien und geflucht, dass es ihn hätte umbringen können. Ich wünschte, es wäre so gewesen."

„Und der andere Junge?" fragte Darian leise.

EJs Blick hob sich abrupt. „Ich weiß es nicht", schüttelte er seinen Kopf. „Er war da, als ich eines Abends schlafen ging. Als ich aufwachte, war er weg."

Dublin fuhr sich mit der Hand über das Gesicht, während er tief ein- und ausatmete. „Culleroy hat also den Jungen und Murdock getötet, und du...?"

EJ lehnte sich in seinem Stuhl zurück. „Ich habe ihn in einem flachen Grab zum Leiden zurückgelassen."

„Aber er ist gestorben", erwiderte Dublin.

„Ich…", setzte EJ an und schüttelte den Kopf. „Darüber kann ich nicht traurig sein."

Dublin nickte. „Was dann?"

„Dann fand ich den Zettel mit Kestles Auftrag. Ich konnte es nicht lassen. Ich musste wissen, ob er einer von ihnen war, oder nur ein kranker Kunde." EJ schluckte schwer. „Ich wusste sofort, wer er war, als ich ihn sah. Er schaute gerne zu. Aufgenommen zu werden war demütigend, aber live beobachtet zu werden, von jemandem, der es mochte, war erniedrigend. Aber ich musste warten."

„Warum?" fragte Darian, bevor sie sich zügeln konnte.

„Weil Strickland dort war."

„Strickland?!" hakte Darian nach und konnte ihre Überraschung nicht verbergen. Sie war sich fast sicher gewesen, dass er der abwesende Partner war. Seine Anwesenheit bei Kestle änderte diese Einschätzung.

„Ich wusste bis dahin nicht…" begann EJ sichtlich verärgert und wurde immer aufgeregter, bevor er still wurde.

„Du wusstest nicht…" stupste Dublin ihn sanft an.

„Strickland hat ihn bezahlt… nannte es einen Vorschuss. Er war ihr Mann für ihre 'Akquisitionen'", stammelte EJ und seine Stimme zitterte, als er Anführungszeichen machte.

„Ich weiß nicht mehr…", er schaute zwischen Darian und Dublin hin und her, während er sprach, „wie ich überhaupt dorthin gekommen bin", er schüttelte den Kopf, während eine Träne unaufgefordert über seine Wange glitt. „Ich war einfach da. Wer hat mich damals mitgenommen? Wie haben sie mich geholt? Das kann ich Ihnen nicht sagen, ich habe es nie erfahren. Aber ihnen zuzuhören? Kestle war für einige verantwortlich, die dort landeten, wo ich gewesen war. Vielleicht sogar für mich. Ich weiß es nicht."

„Wie hast du das gehört?"

EJ atmete aus, seine Schultern sackten zusammen und sein Kopf fiel nach unten. „Ich konnte durch das Fenster

sehen, dass er sich eines der Bänder ansah... eines meiner Bänder. Ich kroch durch das Schlafzimmerfenster
herein, lauschte an der Tür und versuchte herauszufind-
en, ob er wach war, erregt... ich weiß nicht, vielleicht
schlief. Bevor ich mich dazu durchringen konnte, die Tür
zu öffnen und nachzusehen, kam Strickland. Ich habe
alles gehört."

„Das muss schwer gewesen sein", bemerkte Darian und
versuchte zu vermitteln, wie aufrichtig sie es meinte, und
dass es nicht nur Worte waren.

„Ich habe gezittert. Aber", er schauderte, als er versuchte, eine wiederkehrende Kälte zu vertreiben. Er
wischte sich eine Träne vom Kinn und richtete sich
in seinem Stuhl auf: „Ich wusste, dass ich es nicht mit
beiden gleichzeitig aufnehmen konnte. Also habe ich
gewartet. Als Strickland gegangen war, wartete ich, bis
Kestle es sich wieder bequem gemacht hatte. Ich stürmte
durch die Tür, als er nach seinem Reißverschluss griff",
kicherte EJ, bevor er fortfuhr.

„Zuerst habe ich ihn und seinen Sessel umgeworfen.
Vielleicht war er früher einmal schnell, aber jetzt nicht
mehr so sehr. Oder vielleicht war er es nie", er schaute
zwischen Dublin und Darian hin und her, „deshalb haben
sie sich für Kinder entschieden. In dieser Nacht war ich
schneller. Er schaffte es nicht aus dem Sessel aufzustehen, bevor ich ihn gestochen hatte. Und ich habe ihn
gestochen. Wieder, und wieder, und wieder. Mein Insulinstift war leer und ich spritzte ihn immer noch.

„Seine Augen waren weit aufgerissen. Er schrie und
schlug um sich und versuchte, sich zu wehren, aber irgendwann kam es zu Krämpfen. Es war wieder wie bei
Culleroy in der Nacht in der Zelle."

„War er noch am Leben, als du gegangen bist?" fragte
Darian.

EJ schüttelte den Kopf. „Nein. Zuerst dachte ich, er wäre bewusstlos, aber er war tot." EJ zuckte mit den Schultern. „Ich setzte ihn zurück in seinen Sessel und richtete ihn richtig her. Ich drehte die Heizung hoch und schloss die Fenster. Er würde nie wieder jemanden anfassen."

„Was ist mit dem Vorschuss passiert?" sprach Dublin seine Gedanken laut aus.

EJ brach in schallendes Gelächter aus. „Der Vorschuss? Der Vorschuss war ein Haufen Videokassetten und Discs", spuckte er aus, bevor er Dublin mit einem harten Blick bedachte. „Ich habe sie verbrannt."

Dublin zeigte auf die Plastikkassette auf dem Tisch. „Die haben wir bei ihm zu Hause gefunden. Warum hast du sie nicht mitgenommen?"

EJ schnaubte. „Ich dachte nicht, dass ich das müsste. Ich habe versucht, sie auszuwerfen, aber sein blöder Rekorder hat sie gefressen. Ich habe die Kassette herausgezogen, aber das Band hat sich darin verfangen. Es löste sich von den Spannrollen und brach an einigen Stellen. Zur Sicherheit habe ich darauf gepinkelt. Ich schätze, das hat nicht funktioniert", antwortete er knapp und sah auf, als er geendet hatte.

Dublin war von der Erzählung erschöpft, aber sie konnten jetzt nicht aufhören. „Was ist mit Strickland?"

„Ich bin ihm am nächsten Abend nachgegangen. Vor Kestle hatte ich mich eigentlich nicht an ihn erinnert", sagte EJ und klopfte mit der Hand auf den Tisch. „Vielleicht hatte ich ihn verdrängt. Ich weiß es nicht. Aber als ich mich erinnerte, kam es schnell zurück. Er mochte diesen Gürtel."

EJs Stimme wurde leise. „Ich habe es seit Jahren nicht mehr gehört, aber jetzt höre ich es jede Nacht. Ich höre die Löcher pfeifen, während sie durch die Luft schneiden, bevor sie landen. Und ich höre sein Lachen, nachdem sie aufgetroffen sind", sagte er schaudernd und sah auf. „Wie kann ich es stoppen?", fragte er, seine Stimme war kaum höher als ein Flüstern.

„Ich weiß es nicht", antwortete Darian flüsternd.

„Ich dachte, es würde verschwinden, wenn er tot ist. Ich dachte, wenn ich es ihn spüren lasse und es persönlich erfahre, würde es aufhören. Aber das tat es nicht", stammelte er. „Das tut es nicht. Es wurde nur noch schlimmer."

„Du hast ihn also ausgepeitscht", erklärte Dublin. „Du hast ihn so ausgepeitscht, wie er dich ausgepeitscht hatte."

EJ nickte.

„Wie ist er dann gestorben?"

„Er hat gelacht", antwortete EJ, dessen Gesicht sich mit seinen Worten verhärtete. „Er lachte und lachte immer weiter. Es war, als ob es ihm gefiel. Dann, nachdem er mit dem Lachen fertig war, hat er Dinge gesagt. Dinge, die mich noch wütender machten, als ich ohnehin schon war, meine Ohren klingelten schon. Mein Arm fühlte sich an wie Blei, aber sein Gerede trieb mich nur dazu, ihn noch fester zu peitschen. Er sagte, er erinnere sich an mein erstes Mal und daran, wie viel Geld er wegen mir verdient habe."

EJ zuckte mit den Schultern. „Ich bin sicher, dass ich ihn getötet habe, aber ich erinnere mich nicht daran. Ich erinnere mich an seine Worte. Ich erinnere mich an die Wut. Ich erinnere mich an sein lachendes Gesicht in meinem Kopf... und dann erinnere ich mich, wie er in seinem Schuppen hing, nicht mehr atmete... aber auch nicht mehr lachte oder sprach. Ich habe ihn stundenlang angestarrt und auf die Erlösung gewartet." EJ schüttelte den Kopf und starrte auf den Tisch. „Sie kam nie."

Als er schließlich aufschaute, war sein Blick völlig verwirrt. „Warum ist sie nicht gekommen? Bekomme ich jetzt keinen Frieden?"

Darian und Dublin tauschten verwirrte Blicke aus. Als sie mit den Schultern zuckten, schnaubte EJ und ließ sich wieder in seinem Stuhl nieder.

„Warum Callie?" fragte Darian vorsichtig.

EJs Kiefer erschlaffte. Er schloss ihn und verzog die Lippen zu einer harten Linie, während Tränen über seine Wangen liefen. „Nein. Ich kann nicht", sagte er schließlich und schüttelte heftig den Kopf.

„EJ, wir wissen, dass du es warst. Es gibt zu viele Übereinstimmungen mit den anderen Leichen. Sag uns, warum", drängte Dublin. „Ohne das Warum ist es ein einfacher Mord ersten Grades. Mit dem Warum vielleicht nicht."

EJ blickte zwischen den beiden hin und her und überlegte offensichtlich, was er sagen sollte oder wie er es sagen sollte, denn seine Augen waren voller Tränen, die darauf warteten zu fallen. Es war eine schwierige Entscheidung, die sich in seinem Gesicht abzeichnete, während er nachdachte. Er wollte sich nicht an das Warum erinnern. Er wollte sich an sie davor erinnern.

„Ich... Sie...", er verfiel schnell in ein zitterndes Durcheinander, die Tränen liefen ihm über das Gesicht, während er seine Arme um sich schlang und versuchte, sich zusammenzureißen. Er war erschöpft, bevor es vorbei war und er wieder versuchen konnte, zu sprechen. Dublin und Darian warteten geduldig, was es irgendwie noch schlimmer machte.

Er schluckte mehrere Male schwer. Wenn er es herausbekommen wollte, dann musste es schnell gehen. Er holte tief Luft und stieß sie wieder aus. Er holte noch einmal tief Luft und hielt sie an, bevor er in einem einzigen langen Atemzug so viel wie möglich von der Geschichte ausspuckte. „Weil sie dorthin kam. Zu Strickland, während ich das Haus durchsucht habe. Sie kam herein und erzählte, dass sie tolle Neuigkeiten hätte und dass sie die Videos zu einem Produzenten oder Verleiher bringen könnte oder zu jemandem, den sie in Hollywood kennt und der ihnen ein größeres Publikum verschaffen könnte.

„Ich stellte sie zur Rede, als sie mich bemerkte und aufhörte zu reden. Sie lachte mich aus, genau wie er es getan hatte. Sie sagte mir, dass ich ein Lügner sei, dass ich das in dem Video nicht sei, und selbst wenn ich es wäre, würde mich niemand erkennen und es würde niemanden interessieren. Sie kannte einen Weg, Millionen zu verdienen.

„Ich habe ihr gesagt, dass Strickland tot ist und seine Bänder alle weg sind..., dass sie mit ihrem Plan keinen Cent an mir verdienen würde.

„Und dann wollte ich weggehen." Er hielt inne und atmete kaum. „Das verhinderte sie mit vier Worten. Sie lachte noch lauter und sagte: Das habe ich schon."

Als er geendet hatte, war er völlig außer Atem. Die Tränen liefen in Strömen, als er zusammenbrach und zitternd nach Luft rang.

Darian biss sich auf die Zunge, um nicht zu weinen oder zu keuchen. Es war unwirklich. Ihrer Meinung nach war jeder einzelne Tod gerechtfertigt für das, was sie diesem Mann angetan hatten. Aber sie konnte es nicht sagen. Als er aufblickte, wusste sie, dass die Geschichte zu Ende war. Jedes Beweisstück, das sie hatten, stützte seine Version der Ereignisse. Das Einzige, was noch fehlte, war die Verhaftung.

Sheriff Dublin gab vor dem Eingang des Friedhofs der Gemeinde Howard aus zum ersten und letzten Mal eine offizielle Erklärung ab. Für ihn hätte es wie eine Pressekonferenz des Weißen Hauses für all die Kameras und Reporter sein können. Er schilderte die Todesfälle und die Verhaftung, ohne auf die Gründe einzugehen. Alles würde früh genug ans Licht kommen. Es gab keine Möglichkeit, das zu verhindern, aber er brauchte EJ nicht noch tiefer in den Abgrund zu ziehen, als der Mann schon war.

Die Morde waren offiziell aufgeklärt, und die Fälle im Bezirk waren offiziell abgeschlossen. Leider war die Geschichte damit noch nicht zu Ende. Obwohl sich die Morde alle auf lokaler Ebene ereignet hatten, wurde der Fall aufgrund des größeren Ausmaßes der Situation an ein Bundesgericht weitergeleitet. Dublin hoffte, dass der Mann, der schon so viel gelitten hatte, Milde erfahren würde, wenn alle Details bekannt wurden.

Breanna Flake war auf der Flucht. Wie weit sie kommen würde, bevor das FBI sie festnahm, wagte Dublin nicht zu schätzen. Nachdem sie sich einen Anwalt genommen hatte und abgehauen war, hatte er aufgehört, sie zu verfolgen. In Anbetracht der Umstände sollte er sich deswegen schlecht fühlen, tat es aber nicht.

Kirk Davis sollte bald in eine staatliche Haftanstalt überführt werden. Dublin wäre überglücklich, ihn endlich loszuwerden. Aus seinen Poren quoll auch nach so vielen Wochen noch Alkohol. Es würde ein Jahr dauern, bis die Zellen von dem Gestank befreit waren, aber das würde nicht mehr sein Problem sein.

Der Fall würde wahrscheinlich für absehbare Zeit in den Nachrichten immer wieder wiederholt werden. Dublin hoffte, dass die Leute es umso eher vergessen würden, je schneller es begraben wurde. Er wusste, dass er es nie vergessen würde, was ihn sehr beunruhigte. Es gab Dinge, die man einfach nicht vergessen konnte.

Schmunzelnd schloss er seine Akten und half Darian beim Packen ihres Autos. „Ich kann dir nicht genug danken. Wer weiß, wie lange die Sache ohne dich noch offengeblieben wäre", räumte er ein, als sie schon fast abfahrbereit war.

„Dankbarkeit?", stichelte sie, „das behalte ich lieber für mich. Ich will ja nicht deine Reputation ruinieren", sagte sie grinsend.

„Reputation?", konterte er zurück, „ich gehe in den Ruhestand. Wen interessiert das schon?"

„Man kann nie wissen."

„Okay, gut", willigte er ein. „Lass uns gehen. Wenn meine Reputation sowieso in Gefahr ist, sollte ich dich wohl zum Essen einladen und mich angemessen bedanken."

Darian klimperte mit den Wimpern und ließ ihre Hand gegen die Brust flattern. „Ich wusste immer, dass du es in dir hast."

„Ja? Nun, behalte es für dich."

„Mit diesem Abendessen sind wir also quitt?"

Dublin schnaubte. „So ähnlich."

Darian lächelte und nickte. „Ich schätze, ein Mädchen muss nehmen, was sie kriegen kann."

„Als ob du jemals zur Ruhe kommen würdest, Darian."

„Vielleicht", stichelte sie, aber nur ein wenig, und weit weniger, als ihm bewusst war.

„Nein."

„Spielverderber. Lad mich zum Essen ein, bevor ich es mir anders überlege. Du kannst dich zur Ruhe setzen. Ich muss den Papierkram erledigen, und ich bin für das FBI zuständig, falls noch weitere lokale Fälle folgen. Ich würde sagen, du schuldest mir ein gutes Essen."

„Gehen wir ins Ponderosa", verkündete Dublin und lachte zum ersten Mal seit Wochen wieder kräftig.

Darian hielt das Lachen einen Moment später zurück. „Was glaubst du, wird passieren?", fragte sie, ohne zu scherzen.

„Ich weiß es nicht", antwortete Dublin ehrlich und hatte sichtlich Mühe, sich zu beruhigen. „Ich hoffe aber, dass sie mich als Zeuge aufrufen. Angesichts dessen, was wir wissen, braucht EJ jemanden auf seiner Seite."

„Das möchte ich auch", erwiderte Darian und nickte energisch. „Ja, ganz sicher."

Dublin putzte sich mit dem Handrücken die Nase. Der Tag musste ein Ende haben. „Essen wir jetzt oder nicht?", fragte er und fügte hinzu, als sie nickte. „Gut. Ich bin am Verhungern. Aber wenn du die Salatbar nimmst, zahlst du. Wir haben kein Date."

EPILOG

Darian und Dublin lasen denselben Zeitungsartikel, zur selben Zeit, an verschiedenen Orten. Darian von ihrem Büro in Stewart aus, Dublin an seinem Küchentisch, bei einem Kaffee.

Lokaler Sheriff geht mit Ehrungen in den Ruhestand

Der Sheriff von Howard County, Eric Dublin, geht nach fast dreißig Jahren in den Ruhestand und krönt seine Karriere mit der Lösung des größten Falles, der jemals in dieser Gegend aufgetreten ist. Mit der Unterstützung von Detective Darian Gray schloss Dublin nur wenige Tage vor seinem Ausscheiden aus dem Amt die Ermittlungen in sechs Mordfällen ab. Das Duo knackte auch den inneren Kreis, der für eine Pädophilen- und Menschenhandelsoperation verantwortlich war, die sich dem Wissen der Bundesermittler jahrelang entzogen hatte. Diese Ermittlungen dauern an.

Sheriff Dublin war für eine Stellungnahme nicht zu erreichen, aber Detective Gray gab einen Kommentar ab. „Es war mir ein Privileg und eine Ehre, Seite an Seite mit dem Sheriff zu arbeiten und wieder von ihm zu lernen. Sein Engagement für die Gemeinschaft hat nie nachgelassen und hinterlässt eine hohe Messlatte, an der sich sein Nach-

folger messen lassen muss", so Gray. Der neue Sheriff für
Howard County wurde noch nicht ernannt.

Siehe Sheriff, Seite 4.

Darian hielt nach den zwei Absätzen auf Seite eins an
und freute sich, dass Dublin im Mittelpunkt stand. Sie
legte die Zeitung beiseite. Selbst Wochen später hatte sie
noch zahlreiche Berichte und Unterlagen zu verfassen und
den Rest ihrer Erkenntnisse und Beobachtungen an das
FBI-Team zu übermitteln, welches die Ermittlungen weiter-
erführen würde. Sie ignorierte aktiv deren Bitte, sie noch
ein wenig länger zu konsultieren.

Dublin blätterte die Seiten um, um den Rest der
Geschichte zu lesen, aber nicht ohne über die Einleitung
zu schmunzeln. Er beendete die Lektüre, schenkte sich
eine weitere Tasse Kaffee ein und starrte aus dem Fenster. Es war an der Zeit zu entscheiden, was er mit dem
Rest seines Lebens anfangen wollte. Ganz oben auf der
Tagesordnung stand - Kirk Davis Anwesen war ihm noch
frisch im Gedächtnis -, seine eigenen Angelegenheiten in
Ordnung zu bringen, angefangen mit dem undichten Dach,
bevor der nächste Regen kam.

Zwischendurch warf er einen Blick auf die Zeitung, die
nun gefaltet neben ihm auf dem Tisch lag, und fragte sich,
ob er Darian jemals wieder über den Weg laufen würde.
Die Untersuchung war voller Momente gewesen, guter
und schlechter Momente. Aber am Ende musste sogar er
zugeben, dass sie ein gutes Team waren. Er sagte es, sobald
er es gedacht hatte, auch wenn niemand in der Nähe
war, um es zu hören: „Verfluchte Frau. Ich hätte wissen
müssen, dass sie einen Weg finden würde, das letzte Wort
zu haben."

ANMERKUNG DER AUTORIN

Einige der hier zugrunde liegenden Themen sind schwierig. Das war beim Schreiben so, und ich bin sicher, auch beim Lesen. Die Details sind absichtlich vage gehalten. Die Schrecken von Kindesmissbrauch und Menschenhandel sind sehr real. Ich hoffe, dass es eines Tages ausgerottet wird. Diese Geschichte ist frei erfunden. Respektlosigkeit ist keinesfalls beabsichtigt.

Vor Jahrzehnten hatte ich das große Privileg, mit Überlebenden zu arbeiten und ihnen dabei zu helfen, einen gewissen Anschein von Normalität wiederzuerlangen, um ihr Glück zu finden und ihre Erlebnisse hinter sich zu lassen, wenn auch nur für eine kurze Zeit, während sie bei mir waren. Dies ist für sie.

Für euch.

Ihr wisst, wer ihr seid.

Es ist dreißig Jahre her, aber ich erinnere mich immer noch an eure Namen und eure Geschichten. Ich sehe eure Gesichter in meinem Kopf, wie sie damals waren. Ich habe dies nicht geschrieben, um die Tragödie des menschlichen Leidens zu verherrlichen oder zu beschönigen. Weder eures noch das von irgendjemand anderem. Es war nie meine Aufgabe, eure Geschichte zu erzählen. Ich habe es hier nicht getan. Ich werde es auch nie tun.

Eure Geheimnisse sind sicher, und euer Vertrauen ist geschützt.

Ich hoffe, es geht euch gut.
Ihr seid immer in meinem Herzen.
~Savie

ÜBER DIE AUTORIN

Schon ihr ganzes Leben lang liebt Savannah Verte Worte und Lesen, sie hat aber noch nicht ganz herausgefunden, was sie schreiben möchte, wenn sie einmal erwachsen ist.

Geboren und aufgewachsen im oberen mittleren Westen der USA, hält Savannahs ruheloser Geist und ihre „Gib-Niemals-Auf"-Einstellung sie ständig auf Trab. Aus vielen Gründen betrachtet sich Savannah als „zeitgenössische Vagabundin", wenn es ums Schreiben geht, und hofft, dass andere ihr evielfältigen Angebote ebenso angenehm zu lesen finden, wie sie für sie zuschreiben sind.

Folgt Savannah:
www.savannahverte.com

AUCH VON SAVANNAH VERTE

Wenn Ihnen Savannahs Art des Geschichtenerzählens gefallen hat, sollten Sie sich auch ihre anderen Erzählungen ansehen:

The Custos Series
Book of Time, Book of Change, Book of Mysteries

Flip-Flopped Fairy Tales
Imposs-i-Bella, Twelve

Tales in 13 Chapters
Immortal Deflagration, Immortal Alchemy, Veil Break

Una-mor Trilogy
Rogue, Black Guard

H.E.A.R.T. Flights
H.E.A.R.T. Flights: Liftoff

Making Waves – Paranormal, Inc.
Baiting A Berserker, Grow Some Gills, Kiss My Splash, No Wake Zone

**Re-releases pending: ElementalProtector, Ancient
Protector,& Overboard to Paranormal, Inc.**

Stand alone
C.A.S.E. Revelations, Gravedigger (Totengräber), Viva Zapata & the Magic 8-Ball, Portals, Georgia Roots Revealed

Die Custos-Reihe
Buch der Zeit

Ein Buch kann die Welt verändern... oder zerstören.

Ashmael Nocte und seine geheimnisvolle Gruppe, die nur als die Custos bekannt ist, haben den Auftrag, das Buch und seinen ernannten Hüter zu schützen. Die ebensogeheimnisvolle Gesellschaft der White Diamond ist entschlossen, das Buch in ihren Besitz zu bringen, koste es, was es wolle.

Es steht viel auf dem Spiel, wenn Allianzen geschmiedet und gebrochen werden, Macht und Leidenschaft aufeinanderprallen und die Welt nach New Orleans strömt, um den Mardi Gras von 1950 zu feiern.

In dieser spannenden Vorgeschichte zu Buch der Veränderung geht es um einen Groll, der so alt ist wie die Zeit,
um gefährliche neue Begierden und um eine Dunkelheit,
die die Hüterin und diejenigen, die geschworen haben, sie
zu beschützen, heimsuchen wird.

Die Geschichte der Welt,
Vergangenheit, Gegenwart und Zukunft,
die in den Seiten eines einzigen Buches wohnen.

Derjenige, der das Buch kontrolliert,
kontrolliert die Welt.

AUSZUG AUS DEM BUCH DER ZEIT

DIE ZEIT KOMMT

Ashmael Nocte sah aus wie ein Mann, der die Sorgen der Welt auf seinen Schultern trug. Als Anführer der Custos war er in vielerlei Hinsicht genau das. Sein dunkler und drohender Gesichtsausdruck änderte sich nie, von der tiefen Furche seiner Augenbrauen bis zur festen Linie seiner Lippen. Selbst die Mitglieder seiner Truppe, die ihn am besten kannten, traten zur Seite, wenn sie ihn kommen sahen. Er war kein Mann, mit dem man sich anlegte.

Er, und nur er, wusste, wie weit sein Erzfeind gehen würde, um das Pendel unter seine Kontrolle zu bringen. Das Gleichgewicht war immer das Ziel, aber nie der Status. Es war immer auf der einen oder anderen Seite, wobei die nächste Verschiebung nur einen Schritt vom Abgrund entfernt war und darauf wartete, dass eine unsichtbare, ferne Brise sie erneut kippen ließ. Momente der Ruhe waren verdächtig. Das verdrehte Spiel hatte sich öfter abgespielt, als er zählen konnte, und er war müde.

Ashmael schritt in die Chartres 43, als gehörte ihm das Haus, einfach weil es ihm gehörte. Es spielte für ihn keine Rolle, ob es auf der geraden Seite der Straße oder im fünfhundertsten Block lag. Er war schon vor dem Viertel, vor dem Platz, vor der Kathedrale und vor den Menschen, die dieses Stück Land im tiefen Becken ihr Zuhause nannten, an diesem Ort gewesen und hatte gewusst, dass er existierte.

Ewigkeit war eine lächerliche Art, seine Existenz zu beschreiben. Er ist, er war, und er würde immer sein. Er war schon da, bevor es irgendetwas gab, und er würde weiterbestehen, lange nachdem die bekannte Welt wieder in der Ferne zerstreut wurde.

Diejenigen, die den Titel des Custos für sich beanspruchten, würden alle eines Tages ihre gebührende Ruhe finden, aber nicht Ashmael. Er würde niemals die Berührung oder den Trost eines anderen erfahren, noch würde er jemals die Leichtigkeit erleben, die sich einstellt, wenn er seine Last ablegte. Seine Aufgabe, wie die desjenigen, den er bekämpfte, würde nie vollendet sein.

Von außen betrachtet war Nummer 43 nur eine weitere Tür in der Wand, nichts Beeindruckendes oder Bemerkenswertes für Passanten, die Tag für Tag zu Tausenden zu diesem Abschnitt des Bürgersteigs strömten. Aber im Innern des Hauses gab es jede Menge Annehmlichkeiten. Wenn man ewig leben wollte, musste es mehr geben. Alles, was er sich wünschte, war vorhanden, außer einem Partner, der seine Last teilte. An den meisten Tagen bemerkte er das nicht. Heute war keiner dieser Tage.

Es war fast an der Zeit, dass das Buch wieder den Besitzer wechselte. Seine Nerven waren durch die gesteigerte Aufmerksamkeit und Energie des Ereignisses überlastet. Er würde viel dafür geben, den Überschuss abladen zu können. Mit etwas Glück würde dieser Wechsel so reibungslos verlaufen wie der letzte dreißig Jahre zuvor. Jeder Hüter war nur für diese Zeitspanne damit beauftragt. Ashmael kam es vor, als wäre es erst gestern gewesen.

Seine tiefliegenden, dunklen Augen blickten durch den Raum zu den anderen, die ihn nicht akti vansahen. Jeder Custos wusste, dass er eines Tages an der Reihe sein würde. Jeder tat sein Bestes, um sich auf den bevorstehenden Moment vorzubereiten, indem er zum Dienst gerufen werden könnte. Es wurde nie bekannt gegeben, wer der Wächter des neuen Hüters sein würde, sie waren es einfach, und Ashmael wusste genauso wenig wie sie, wer derjenige sein würde. Die Hüter würden alle für den Austausch bereitstehen und einer würde es einfach wissen. Wie ein Schlüssel, der in nur ein Schloss passte, gab es nur einen Wächter, der passen würde.

Die Glocke über der Türläutete, als sie sich öffnete, und alle Köpfe drehten sich um, um zu sehen, we reintrat. Ashmael zog eine einzelne Braue hoch, als er eine weibliche Gestalt sah. Es war nicht ungewöhnlich, dass ein weiblicher Custos zum Dienst geschickt wurde, nur selten. Andererseits konnte es vorkommen, dass ein Tourist hereinspazierte. Seine Lippen zuckten beim Anblick des neuesten Körpers im Raum, als die von hinten beleuchtete Gestalt aus dem Lichtschein, der sichschließenden Tür hervortrat. Dies war kein Tourist.

„Weiss. Es ist lange her", hallte sein leises Erkennen durch den Raum, als er die Flasche mit dem rauchigen Bourbon kippte, um ein Glas auf dem Tresen zu füllen.

„Nocte", antwortete sie mit einem Nicken, bevor sie sich die anderen im Raum ansah.

„Frechdachs!", kam ein herausforderndes Lachen aus einer schattigen Ecke, bevor ihre Augen dorthin vordringen konnten. „Diesmal dürfte es ein Gedränge geben, da du die Fernen Felder verlassen hast, um endlich wieder eine Runde mit uns zu drehen."

Weiss hob die Hand zu ihrer Brust und warf den Kopf spöttisch in den Nacken, um den verbalen Seitenhieb zu erwidern. „Du verletzt mich, Ardon West. Ich schätze, der Schöpfer wusste, dass du wieder Hilfe brauchen würdest, was? Er hat dir eine Frau geschickt, die dir den Rücken freihält und so weiter."

Ardon schritt mitf insterem Blick aus dem langen Schatten auf sie zu. „Als ob. Wir beide wissen, warum du hier bist, und zwar nicht, um mich zu beobachten." Er tippte sich ans Kinn und hob einen Finger, der auf ihre Nase zeigte. „Aber vielleicht solltest du das. Vielleicht könntest du das ein oder andere lernen", maß er sie langsam und bedächtig von oben bis unten und ging einen Bogen um sie herum.

Weiss schnaubte laut, trat um Ardon herum an den Tresen gegenüber von Ashmael und nickte der Flasche zu. „Ich nehme einen davon, wenn du einschenkst."

Ashmael holte ein weiteres Glas unter der Theke hervor und stellte es zusammen mit der Flasche nebeneinander ab, bevor er sich umdrehte und zur Tür am Ende des Raumes ging, der zu seinem privaten Bereich führte. „Bedien dich", rief er zurück, als er verschwand.

Wenn Weiss Gesichtsbehaarung hätte, würde sie sich darüberstreichen. Stattdessen sah sie aus, als würde sie sich Krümel aus dem Mund wischen. Sie schenkte sich einen Drink ein und wandte sich dem Raum zu, nachdem Ashmael die Tür geschlossen hatte, durch die er gegangen war. „Also, so wird es sein?", fragte sie in den Raum, aber niemanden im Besonderen.

„Nein, so wird es nicht sein." erwiderte ein hagerer, schlaksiger Mann und trat vor. Ein Paar stürmischer haselnussbrauner Augen fand sie, bevor die Worte durchdrangen. „White Diamond ist in letzter Zeit überall. Wir sind alle nervös."

Weiss seufzte schwer, bevor sie das Glas kippte und den Inhalt in einem Zug hinunterstürzte. „Sag mir etwas, das ich nicht schon weiß, Greyson", sagte sie und setzte das Glas ab. „Ich könnte auf ihrem Rücken von hier nach Canal laufen, ohne den Boden zu berühren. Ich kann mich nicht erinnern, dass sie jemals so offensichtlich waren."

„Sie werden immer verzweifelter", winkte er ab. „Der Hüter hat es dieses Mal geschafft, die ganze Zeit überunentdeckt zu bleiben. Das ist schon seit Ewigkeiten nicht mehr passiert. Wenn sie den Austausch verpassen, müssen sie vielleicht weitere dreißig Jahre auf eine Chance auf das Buch warten", kommentierte Greyson die Tatsache, die alle anderen wussten, aber niemand aussprach.

Weiss riss die Augen auf.„Sie wurde in dreißig Jahren nicht ein einziges Mal gefunden?! Verdammt! Gut für sie", nickte sie entschlossen. „Wer passt auf sie auf?"

„Jensen", antwortete Greyson.

„Hat er sich gemeldet?"

„Nein", warf Ardon entschlossen in das Gespräch ein.

„Wir wissen also nicht, ob sie in der Stadt oder in der Nähe sind?" fragte Weiss, als sie sich abrupt umdrehte und das Ausmaß des Potenzials erkannte.

Alle Anwesenden schüttelten unisono den Kopf, als würden sie an einem Strang ziehen. Nur Ardon sprach: „Wenn Ashmael es weiß, ist er der Einzige."

„Verdammt", sagte Weiss leise und kaute mit den Unterzähnen auf der Oberlippe. „Hat jemand guteNachrichten?"

Sie hatte die Gestaltnicht bemerkt, die in der Ecke neben dem leeren Kamin saß und ihr den Rückenzuwandte, bis Rourke aufstand, sich aufrichtete und sich ihr zuwandte. „Wir haben einen Namen."

Weiss sackte ein wenig zusammen. Es war eine Ewigkeit, wenn nicht sogar eine Ewigkeit plus einen Tag her, dass sie Rourke gesehen hatte. Sie tadelte sich selbst für das innere Drama ihrer Gedanken. Vierzig Jahre waren keine lange Zeit, aber sie hatten zusammen trainiert, aufeinan-

der aufgepasst und sich aus den Augen verloren, als die
Fernen Felder sie dank eines White Diamond, dem sie
begegnet war, zurückriefen. Vierzig Jahre waren in ihren
Augen lange genug.

Sie hatte nie erfahren, ob Rourke auch gefallen war oder
ob er es geschafft hatte, dem Todesstoß auszuweichen.
Sie standen sich nahe wie Geschwister, ohne dass Blut
zwischen ihnen floss. Sie konnte nicht anders, als zu ihm
zu laufen, dankbar, dass er hier war. Sie starrte ihn an
und wartete auf mehr, sie zuckte fast zusammen, als er
für einen langen Moment nicht mehr sprach, und zuckte
tatsächlich, als er es schließlich tat.

„Wenn Rex seine Parade abhält, wird der Weinstock
blühen, und eine Rose wird Dornen tragen müssen", sagte
er ohne Umschweife.

Rourke war noch immer geschockt, dass er Weiss hier
in 43 stehen sah, während er die Passage rezitierte. Er
hatte sie bei dem Scharmützel vor so langer Zeit fallen
sehen, aber er konnte damals nicht anhalten, um mehr zu
erfahren. Als sie sich danach nicht mehr gemeldet hatte,
hatte er lange über den Verlust seiner engsten Freundin
getrauert. Sie hatte sich vor ihn gestellt und an seiner
Stelle den Preis dafür bezahlt. Seitdem hatte er sie dafür
verflucht.

Als sie hereinkam und er hörte, wie Ashmael sie be-
grüßte, musste er mit dem Gesicht zur Wand bleiben,
um sich zu beherrschen. Wäre sie noch wie damals? Er
kämpfte mit sich selbst, um aufzustehen, sich umzudrehen
und endlich nachzusehen. Als er sie jetzt an sah, war es, als
wäre nichts geschehen. Sie war immer noch ein kompak-
tes Kraftpaket. Ihre Muskeln waren unter ihrer Kleidung
deutlich zu sehen, und ihre Augen leuchteten genauso
hellblau, wie er sie in Erinnerung hatte. Er wollte sie schüt-
teln, er wollte sie verfluchen, und er wollte sie umarmen.

Die Verwirrung und der Konflikt ließen sich nur schwer unter der steinernen Miene verbergen, die er normalerweise trug.

Als sie gleichzeitig bemerkten, dass niemand sonst gesprochen hatte, stolperten beide über ihre Zungen, um zu sprechen, und redeten übereinander weg. Das war der Moment der Heiterkeit, den der Raum brauchte. Lautes Gelächter ertönte von den Dutzenden, die den Raum füllten. Ardon klopfte ihr auf die Schulter, bevor er sich wieder dorthin zurückzog, wo er gestanden hatte. „Schön, dich wieder bei uns zu haben, Frechdachs."

Weiss stöhnte und knurrte, während sie mit den Augen rollte. „Nenn. Mich. Nicht. So."

„Sicher, sicher",erwiderte er und winkte ab, als er sich abwandte. „Wie du meinst."

Weiss sah zwischen Rourke und Greyson hin und her. „So, kann mich jemand aufklären."

Die Glocke über der Tür läutete erneut, als sich die Schatten zweier großer Buchstützen durch den schmalen Bogen drängten, innehielten, einen Blick austauschten und gleichzeitig auf Weiss zustürmten.

„Du bist zurück!", riefen sie gemeinsam, als sie zwischen den beiden großen Männern eingeklemmt wurde. Landon und Langston waren aus dem gleichen Holz geschnitzt und man sah sie nur selten getrennt. Es wurde gemunkelt, dass sie jede Nacht die Frauen auf der Bourbon gemeinsam einluden und zum Essen ausführten. Die anderens pekulierten darüber, wie weit ihre Zusammenarbeit wirklich ging, aber niemand wusste es genau.

Die Jahre schmolzen dahin, als sie sich zurückzogen und sie wieder absetzten. Selbst jetzt, nach sovielen Jahren, gab es keinen Zweifel, wer welcher war. Landon war in seinem hellen, geblümten Hemd ein echter Hingucker, während Langston ein schlichtes kurzärmeliges Hemd trug, das wahrscheinlich noch ein paar zusätzliche Löcher hatte, außer denen für seine Arme und seinen Kopf. Ihre Vorliebe für Kleidung könnte kaum unterschiedlicher sein, aber alles andere war gleich. Kurze, stachelige, weißblonde Haare und feurige, schokoladenbraune Augen starrten aus tief gebräunten Gesichtern auf beiden Seiten von ihr, während sie nach Luftschnappte. „Ja, ich bin wieder da. Ich konnte euch ja wohl kaum den ganzen Spaß überlassen, oder?"

Die Zwillinge warfen sich einen spöttischen Blick zu, und wie bei so vielen anderen Dingen, die sie gemeinsam taten, kam die gleiche Antwort. „Spaß? Wir haben Spaß? Nennen wir das jetzt so?"

Weiss klopfte ihnen auf die gegenüberliegenden Schultern und schüttelte den Kopf. Als ob sich nichts geändert hätte, begannen die Possen. Es war schön, wieder zu Hause zu sein. Langston nahm sie in eine riesige Umarmung, während sie lachte. „Es ist so viel passiert, während du weg warst, freches Mädchen. Die Welt hat sich verändert."

Weiss ließ sich von den beiden Männern abführen und bemerkte die anderen im Raum, die noch nichtgesprochen hatten, als sie an ihnen vorbeiging. Es gab eine Reihe bekannter Gesichter und einige, die sie nicht kannte. Sie brachte es nicht übers Herz, Langston zu entgegnen, dass die Welt sich ständig veränderte und dies auch weiterhin tun würde. Für die bevorstehende Begegnung würden ein paar Momente unverantwortlicher Freude nicht schaden.

Sie war beim letzten Austausch nicht anwesend gewesen und sie würde sich bald auf den neuesten Stand bringen müssen. Der davor war katastrophal gewesen, und sie erinnerte sich noch gut daran, auch wenn er erfolgreich gewesen war. Sie hatten den Hüter fast verloren, als sie das Buch in die Hände bekamen. Ja, die Welt hatte sich verändert, aber einige Dinge würden für immer gleichbleiben.

Sie waren die Custos.Die heiligen Wächter über jedes Kind des Lichts, die Hüter des Buches, das die Welt zwischen seinen Seiten hielt. Sie durften nicht versagen, sonst würde die Welt, wie man sie kannte, für immer untergehen.